の
「ちょいと遅れたが
教えておこう。コレは拷問だ。
けりゃ
じようにするし、
ば手じゃねえ、
その後は下からだ。
から、最後は目と耳まで。
事な場所は一箇所も残さねえ」
Albert
アルベール
一見、美少女にも見える、イルタニア王国の王子。ミレーヌの許嫁。ミレーヌの中に理想の『漢』を見出し、彼女のことを崇拝する信奉者になる

（さすがミレーヌ様です……）
「そう仰るコレット様こそ、
素晴らしい腕ですわ」
双姫の衝突

サベージファングお嬢様

史上最強の傭兵は史上最凶の暴虐令嬢となって二度目の世界を無双する

赤石赫々

ファンタジア文庫

3089

口絵・本文イラスト　かやはら

サベージファングお嬢様
"Savage Fang"
the Tale of Little Lady Who Conceals
史上最強の傭兵は史上最凶の暴虐令嬢となって
二度目の世界を無双する

プロローグ　一度目の人生、一度目の歴史

半ば上の空で、考える。

才能というヤツが俺にあったのならば、こんな人生も少しは違うものになっていたのだろうか。

仕事中だというのに我ながら不真面目な事だと思うが、慣れた仕事というのは余裕と無感動を生む。

たとえその『職場』が、炎や氷、あらゆる魔術が飛び交う戦場であってもだ。

眼前には、炎の球が迫っていた。脱力をするようにして屈(かが)んで避けると、今度は氷の棘(とげ)が飛んでくる。転がり込むようにして氷の棘の軌道から逃れると、今度は雷の矢が飛来する。

立ち上がりながら駆け出すと、その先には立派な鎧(よろい)に身を包んだ兵士が居た。兵士の顔が、向かってくる俺を見て恐怖に歪(ゆが)む。

見慣れた表情に何を思うでも無く、俺は兵士の首へと剣を振るった。

一拍遅れて、兵士の首に裂け目が入り、鮮血が噴き出してくる——返り血を避けるように切り返して、俺は次の敵へと向かった。

「こ、こっちに来るぞ！」

「止めろ、止めるんだァ！」

狼狽した兵士が叫び、一際身なりと恰幅の良い男が声を張り上げて指示を飛ばす。

身なりの良い男が、この部隊の指揮官だな。一瞥し、再び仕事に戻る。

俺を取り囲む兵士が、一斉に手をかざす。それぞれに様々な属性の魔力が宿り——炎や氷、雷に岩など、色とりどりの魔術が放たれた。

だがそいつは悪手だったな。

身をかがめ、地面を蹴るようにして限りなく低い体勢で俺は距離を詰めながら魔術を躱す。

「馬鹿な、躱した……!?」

「ま、魔術が、こっちに……！　うわあああっ！」

躱した魔術は、対角線上の兵士達へと飛んでいき同士討ちを誘う。

それでも当たったのは半数にも満たないだろうか。だが数は減ったし、部隊は大混乱だ。

「がっ！」

「うげっ⁉」

兵士と兵士の間を縫うようにして動きながら、俺は兵士達を斬り殺していった。

あちこちから断末魔の声と血が噴き出す。それはさらなる混乱を生み、部隊を混沌に突き落としていった。

「こ、こんな……！　栄えある我らがイルタニア聖騎士団が――」

「魔力も使えない、傭兵一人に……！　かっ、あっ……！」

何やらほざいている兵士の一人に剣を突き立てて、俺は返り血で汚れた頬を拭った。

仕事なんて、こんなモンだ。

雇われてモンスターやら人間やらを殺す。それだけの、面白くもねえ仕事だ。

周りは敵だらけ。命を懸ける割には報酬だってケチくさいもんで、長続きなんてするわけもねえ。

それが、傭兵という仕事。ロクな学もねえ、縁も愛想もねえ。何より――

「ええい……！　魔力も使えん傭兵一人に何をやっているんだ！　不甲斐ない奴らめ！」

この世界で生きていく為に重要な『魔力』も一切持っていねえ。俺に残された唯一の選択肢というヤツだった。

「し、しかし……！」

「しかも何もあるか！　この私に下賤(げせん)の民などと剣を交えさせおって！」

畏縮した兵士が抗議をするのを遮って、指揮官の男が部下を叱咤(しった)する。

……傭兵なんてロクな仕事じゃねえとは思ったが、戦時中のこのご時世に立派な職場なんてありゃしねえのかもしれねえな。

「そこな下賤の民！　畏れ平服するがいい！　映えある第六イルタニア聖騎士団が団長であるこのゴードン＝ラクレイが相手をしてやろう！」

「あァ？」

何やら自信たっぷりに出てきた男が、俺に剣を向ける。

……一体何を勘違いしてやがるんだ、この豚は。

冷ややかな眼(め)でゴードンとやらを見ていると、俺の後ろから傭兵仲間がぞろぞろとやってくる。

「ヒュー、相変わらず恐ろしいもんだなエンヴィル。まさか十六人を一人で片付けちまうなんてよ……」

「残りは雑兵一人と肥えた豚が一匹か。こりゃ楽チンだぜ。〝野蛮なる牙(サベージファング)〟の二つ名に偽りなしってか？」

ガラの悪い男達が並ぶのを見て、肥えた指揮官の顔がみるみるうちに青ざめていった。

そりゃあそうだ。いくら傭兵って言っても一人で部隊を襲うワケもねえ。
敵の中に突っ込んでいってかき回す。一人が一番やりやすかったというだけで、俺の仕事は所詮切り込み役に過ぎない。

息を詰まらせたゴードンとやらが、青くした顔を一気に赤く染める。

「さ、さあ剣を構えろ傭兵！　下賤の民如(ごと)きとこの私が一騎打ちをしてやろうと言うのだ、光栄であろう⁉」

……あァ、なるほどそういう事かよ。

多人数相手じゃ勝ち目がねえと見て、一騎打ちで通そうというらしい。

傭兵仲間の連中から、笑い声が漏れる。それを聞いて顔を真っ赤にする敵の指揮官だが、流石(さすが)にこの言い分を恥に思うくらいのアタマはあるようだ。

とはいえそんな下らねえ申し出に乗ってやる義理もねえ。さっさと片付けて寝ちまいたい所だ。

「いいじゃねえかエンヴィル、乗ってやれよ」

「こんな豚一匹、相手じゃねえだろ？」

「そうだそうだ。なあに、当然カネの方は融通するぜ、今夜の宴(うたげ)にとっときのツマミもつけてやるよ。それでどうだ？」

「あァ？　ちっ……ラクしようとしやがって」

だが傭兵仲間の連中が受けてやれと囃し立てる。

下らねえことこの上ないが——散々人をコケにしてくれやがった礼をするのも悪くはない。

並び立つ傭兵仲間達から一歩歩み出て剣を構えると、豚の顔にいやらしい笑みが浮かぶ。

「我こそは誇り高き第六イルタニア聖騎士団が団長、焦土のゴードン！　覚悟するがいい下賤の民よ！」

その男は高々と名乗り、そして剣を掲げた。

剣に魔力が集う。恐らくは——炎の魔術。

俺は、魔力は全く使えない。だが、だからこそこの魔力の気配というヤツには敏感だった。

小さく息を吐き、集中する。男が剣を振り下ろそうという、その直前に俺は地を蹴った！

男が剣を振り下ろすと、直前まで立っていた場所へ炎の波が押し寄せる。

「なっ！　我が炎の波を……⁉」

俺が魔術を避けた事で、指揮官の男が驚愕を顕わにする。

流石に小隊長だけはある。それなりの速度に、広い範囲。威力の方も中々だ。魔力を使えない俺が食らえば黒焦げだろう。

だが、それも当たらなければ意味はない。如何に範囲が広い魔術でも、大規模な魔術であるほど発動には時間がかかるし、どこを狙っているかはバレバレだ。事前に来る場所がわかっていれば、波が押し寄せる前に移動を始めるだけでいい。

そして、そういう強力な魔術というのはどうやらタメが必要らしく、一度撃てば二度目を放つまでに時間がかかる。戦場で名を馳せた英雄なんて呼ばれるような奴の中にはそんな無理を押し通してくる奴もいるが――

「くう……！　この私が野良犬風情と剣を打ち合うなど――！」

この程度の男が、英雄と呼ばれるような奴らと同じように出来るはずもない。一瞬で懐に潜り込み、俺は低姿勢から勢いのままに剣を振り上げた。

指揮官の男は剣を横に構えて防御をする――が。

甲高い金属の音と共に、男の剣が舞い上がった。

音も、光景も。水中で流れるかのように間延びした時間感覚の中、俺は対面の男――たった今剣を弾き飛ばされたばかりの男の表情に恐怖と絶望が浮かぶのを見る。

取るに足らない存在だと思っていたモノに命を脅かされるその瞬間。俺にとっては、よく見慣れた顔の一つだ。

今更そんなモノに何を思うわけでもなく、俺は肥え太った男の腹部に蹴りを見舞う。

「ごぶっ！」

くぐもった声と共に、立派な髭(ひげ)が歪み、男は尻もちをついた。

表情を変えずに、それを見下ろす。

「おおおっ……！　野蛮な傭兵如きにこの私が何故(なぜ)……！」

恐怖に引きつった表情に憎しみを交え、身なりの良(い)い男は俺を睨(にら)みつける。

これもまたありふれた表情だ。恐怖に引きつった、怒りの表情。傭兵としてやってきたキャリアの中で、ではない。俺の人生で最もありふれた感情の色がそこにはあった。

「き、貴様……！　下賤の民の分際で見下すか……！」

だが、俺の視線に気がつくと、恐怖を怒りが上回ったようだった。

下賤の民。まあ随分と聞き慣れた罵倒の一つだ。

魔力を持たない、魔術を使えない者達への蔑称。それが下賤の民で――俺もまた、その下賤の民とやらの一人だった。

考えても仕方がねえことだが、『下賤の民』とやらでなければ――俺に魔力や魔術の才能というヤツがあったのならば、こんな場所でこんな仕事をしていなかったのだろうか。

「ほう……面白えじゃねえか。その下賤の民を見上げるってのはどういう気分なんだ？」

下賤の民というのも、もはや言われ慣れた言葉だ。何も感じやしないが——俺は平淡な声でそう問いかけていた。

お偉い貴族様が、下賤の民と馬鹿にしていた存在を見上げる事になる。随分と情けない経験がどんな気持ちか、少々興味が湧いたからだ。

「う……うるさい！　なにか……何か卑劣な手を使ったのだろう！　下賤の民が、幸運による授かりものを勝ち誇りおって！」

だが、望む答えは聞かせてはもらえなそうだ。

卑劣。これもまたよく聞いた、聞き飽きた罵倒の一つだ。

ため息を一つ吐いて、俺は貴族の男の胸ぐらを摑み、首筋に剣を突きつけた。再び怒りを恐怖が上回ったのだろう、その顔から一気に朱が引いていく。

「ひっ……！　き、貴様一体何をするつもりだ⁉　手を放せ！」

「後学のために、その卑劣な手ってヤツを教えてくれよ。そうすりゃあ、俺はもっと強くなれそうだからよ」

「ま、まさか……殺すのか……？　この私を……傭兵風情が……？」

……またも、望んだ答えは返ってこないようだった。

どころか――気づけば、貴族の男の股間のあたりが濡(ぬ)れていた。鼻をつく悪臭に顔を顰(しか)める。

まったく、時間を無駄にした。俺も遊びすぎたとは思うが。

「ちっ……情けねえ」

思わず悪態を吐く。

だが貴族の男は震えるばかりで無反応だった。どうやら噛(か)み付く元気もなくしたらしい。

「まあいい。答えがわかったらあの世で教えてくれよ。どうせ俺もお前も地獄行きだろうからよ」

「まっ、待て！　やめ……！」

押し当てた剣を一気に引くと、男の首筋から凄(すさ)まじい勢いで血が噴出する。

傷は気管まで入ったのだろう、もう男は言葉を発せず、粘ついた気泡の音を立てるばかりだった。

摑んでいた胸ぐらを放すと、恰幅(かっぷく)のいい男の体が血で濡れた地に沈み、水気のある音を立てる。

同時に、背後から勝鬨(かちどき)の声が聞こえた。

「お見事ッ！　流石は我らが〝野蛮なる牙(サベージファング)〟だぜ！」

「大金星だな！　こりゃあ今夜の宴は酒が美味えぞ！」

傭兵仲間達が、口々に俺を称える。

傭兵の世界じゃ、腕っぷしと挙げた首が全てだ。くだらない——と思いながらも、わかりやすいこの関係は嫌いではなかった。

無表情に僅かな笑みを差し入れると、俺は振り返る。

「今日の宴は出るんだろ？　主役不在ってんじゃ味気ねえんで、頼むぜ！」

「ああ……考えておく」

「クールなもんだねえ。王国の部隊長の首を挙げたってんだから、もうちょい喜んでもいいんじゃねえのか？　エンヴィルさんよ」

さっきの貴族とは正反対の無精髭を生やした傭兵仲間が近づき、肩を叩いてくる。

こいつの名前はアダンという。付き合いは長く、俺には珍しく友人といえる間柄の人間だ。

「へっ、てめえは喜びすぎて羽目を外しすぎるんじゃねえぞ。もうじきガキが生まれるんだろう」

「それを言われちゃ痛えけどよ」

鼻を鳴らすと、アダンは困ったように頬を掻いた。こういう所が、憎めないんだ。

傭兵なんてやってりゃ、遅かれ早かれどこか荒(すさ)んでくるもんだが、こいつは昔っから変わらない。嫁さんを愛する、普通の夫だ。

しかしそんな男も、今は金のために——そして国のために傭兵として働いている。

だが救えねえのは、そうして傭兵として戦う相手がこのイルタニア国だって所だ。

——現在、イルタニアは内乱の最中にあった。原因は暴君と化した王妃の圧政だ。絶え間ない重税と粛清の末に怒りを爆発させた市民が蜂起し、反乱軍を立ち上げ、イルタニアの王政を打倒せんとしている。

それがこの『イルタニア王国』の現状ってヤツだった。

俺達は、ほとんどがそんな反乱軍に雇われたイルタニアの国民で構成されている。

まあ、俺は『元』国民って所だが——

「……ふん、説教はまあ後にしといてやらあ」

「おっ、てことは宴には出るんだな！　待ってるから来いよな！」

引き上げていく傭兵仲間を見ると、アダンは焦(あせ)って何度か振り返りながら走っていく。

忙(せわ)しない仲間を見ながらも、俺はゆっくりとその後を歩いた。

◆

「いやー！　痛快痛快！　見たかよあの高慢な貴族の無様な姿をよ！」

「てめえ……すっかり出来上がってるじゃねえか。ったく、これじゃ何を言っても意味はねえな」

「だってよお、大金星だぜ！　給金は上がる！　嫁さんは喜ぶ！　良いこと尽くめじゃねえか！」

「ったく、煩えな。さっさと寝た方がマシだったぜ」

　その夜のこと。

　すっかり出来上がったアダンの鬱陶しさに苦々しい表情を浮かべつつ、俺は杯を傾けていた。

　粗悪で強い酒だ。一口飲み下せば、俺たちの様な人間には最も慣れ親しんだ薬臭さが喉を焼く。ツマミも最低だ。土やらホコリやらで汚れた干し肉。表面はざらついているし、噛めば砂を砕く不快感が混じる。

　そんなモンでも、最近のイルタニア国の中じゃ立派な嗜好品と言えるだろう。肉というだけでも十分贅沢品だと言えるほど、この国は疲弊しきっている。

　まずい酒に、まずいツマミが並べられた宴。だが、アダンは上機嫌のようだった。

「もうちょっとであの最悪のくそったれ王妃に刃が届くってんだぜ。士気も上がるってもんだろ！　なあ！」

それもこれも、この反乱がもう少しで勝ちというところまで来ているというのが大きいだろう。

……この内乱は、一人の悪女がきっかけで始まったものだった。

悪女の名は『ミレーヌ＝イルタニア』。神に愛されたという赤みがかった白髪――『スルベリアの髪』を持つ事から、現イルタニア王のアルベールに嫁いだ女だ。

王妃となったこの女は、それは様々な悪行をした。増税に次ぐ増税を以ての贅沢三昧、少しでも異を唱えるものは疑わしいとして罰し、王は『神の寵児』とも言われる悪女の言葉に逆らえぬ傀儡。

国民の不満が最高潮に達した時、常に国民側に立っていた女公爵メリッサ＝テュリオ・ド・ルルトワの処刑で始まったのがこの戦争だった。

国民が蜂起し、傭兵を雇い、悪妃を討つために始まった内乱は一気にその炎を燃え上がらせた。金よりも体制の打倒を目的に参加する傭兵も多いという。それだけ、ミレーヌという女は怒りを買っていたのだ。

その戦争も、今や勝利を目前にし終わりが近づいている。長い平和の末、ミレーヌの台頭により一気に腐敗した貴族達は、弱かったのだ。

半ば決まった勝利は、こうして反乱に参加した傭兵や、国民達をお祭り騒ぎの気分にさせている。

だが――

「おお我らが神ディア・ミィルスよ！　敬虔なる信徒であるこの私が必ずや、あの忌まわしきイルタニアの寵児を葬り、内臓を引きずり出し、その頭を路傍の石に打ち付けましょう！」

「ミレーヌの首を！」

「『神の犬』の首を、供物に！」

この国は、どの道もう『終わる』のだろう。くだを巻くアダンを無視しながら、俺は杯を傾けながらに思う。

ミレーヌの台頭で、この国は加速度的に腐敗した。それは王国の貴族だけではない、その庇護を失った国民たちも、だ。

街には何やら胡乱な邪教の旗が立ち並び、誰も彼もが怪しげな神の名を掲げ、暴力的で下品な言葉を吐き捨てている。

ただならぬ様子で過激な言葉を吐いている奴の言う『ディア・ミィルス』というのは確か『月の神々』とかいう邪教団が崇める神々の一柱だったか。

角を持つ蛇の像を取り囲む一団の様子は、まるでサバトだ。手柄の宴にしちゃ毒々しいにも程がある。

俺は宗教になんざ興味はねえが、邪教団の連中は街中で大きな顔をしている。繰り返し聞かされりゃ、いい加減覚えちまうってモンだ。

だが、それだけじゃない。

「ああ……来た、キタ。やっぱり酒と一緒だと効きが速え……へへ……」

「な、なあ……それ『ルードゥス』だろ……？　俺にも寄越せよ……ちょうど切らしちまってよ……」

「ふざけんな！　このコナは俺のモンだ……！　一つまみだって渡しゃしねえぞ！」

そしてそれに伴ってか、国民の間では政府から使用と流通を禁止された禁薬……『魔薬』が浸透していた。

名前は快楽を意味する『ルードゥス』。紅(あか)い花を粉末にした魔薬だ。

体には害が殆(ほとん)どないといわれているが、そのクスリを使っている奴(やつ)の心がどんどん荒んでいっているのは、健常な人間から見れば明らかだ。

アダンのように何も変わらない奴が居る一方で、この国は内側からも外側からも、菌糸が這(は)う様に腐敗が浸透しきっていた。

「……」

だがまあ、実際の所俺はもうそんなのはどうでも良かった。

ただ遠いどこかを見るように、俺は静かに盃(さかずき)を傾ける。

「ハハ……ひでえモンだな」

「まったくだ」

一人で飲んでいる俺を見かねたのか、別の場所で騒いでいたアダンが寄ってくる。

苦笑いを浮かべている。アダンは楽観的な方だが、それでもこの現状に何も思わないわけでも無いのだろう。

「メリッサ様が生きてりゃ、こんな事にもならなかったろうにな……あの糞(くそ)ったれ王妃が……！」

アダンは金のためといいつつ女公爵の仇討(あだう)ちに義憤を燃やしているようだったが、俺にはそんな高尚な思いはない。しかし金もそれほど求めてはいない。

「お前も許せねえだろ、なあエンヴィル！」

「……まあな。俺はてめえほど熱くねえがよ」

すっかりと出来上がってきたアダンがくだを巻くのに苦笑しながらも、俺は適当に合わせるように返事をする。

だが、まるきりいい加減というわけでもなかった。

俺がこの国に傭兵として戻ってきたのは——言うなれば、けじめだった。

俺には親という存在がいない。いや、いないはずはないのだが、物心付く前には俺はもう捨てられていて、孤児院にいた。

孤児院での暮らしは、正直悪くなかった様に思う。当時の俺はわかっていなかったが、孤児院のセンセイは誰にでも別け隔てなく優しかった。……魔力を持たない下賤の民と揶揄されるような俺に対してもだ。

また、同じく孤児院で育った奴らもそうだった。特別仲良くしていたという記憶はないものの、誰も俺を馬鹿にしたりといった事は無かった。

独り立ちして孤児院を出たのはだいぶ前だったが、たまに手紙を書く程度にはセンセイにも恩を感じていた。いざ一人になってみりゃ、ああそこは温かい場所だったのだ——と、そう思う程度には、気に入っていた場所だ。

「……そっか。たしかお前も、あの糞ったれ王妃に昔居た孤児院を焼かれたとかって話だったな……」

「ああ。『下賤な民が憐れな人生の慰めに邪教を崇拝しているのを匿った罪』……だとか言ってたらしいな」

……そんな孤児院が、ミレーヌ＝イルタニアのその手によって焼かれた。俺が孤児院を出てから、六年目の事だった。

理由は、孤児院が街に蔓延る邪教を崇拝していたとの事だ。

一度疑われりゃあ、潔白を証明するのは難しい。国教を支持する由緒正しい教会に併設された孤児院はそりゃあ立派なモンだったが、そんなモノは関係ない。はじめからそうだと決めつけている連中に何を言っても無駄だった。

王国の兵士をぞろぞろと連れたミレーヌは、これこそイルタニア神が狂信者共にかける慈悲だと言い放ち――火の魔術を使い、一瞬のうちに大きな教会を火で包んだ。

『スルベリアの髪』を持つ者は例外なく、強大な魔力を持つという。ミレーヌ＝イルタニアは気分が倦むと、度々そうして自らが選ばれし存在である事を誇示する様に力を振るったそうだ。

何不自由ない生活の憂さ晴らしの標的に選ばれたのが、魔力の使えない『下賤の民』として捨てられた子供を多く保護する孤児院だったというわけだ。

ミレーヌは下賤の民が何人死んだところで、オマケで数人それを匿う奇特な人間が死んだところで、文句は言われまいと思ったという話があるが――あの女の悪行三昧を聞く限り、恐らくはその通りなんじゃないかと思う。

そうして、一人の女の八つ当たりによって、その時教会にいた連中も、孤児院にいた子供たちも、みんな炎に巻かれて死んでいった。……センセイもだ。

俺はその時、傭兵として他の国で戦っていた。

この国に戻ってきたのは、そんな話を風のうわさで聞いたからだ。

――復讐というつもりはない。確かに腹が立ったが、所詮は他人だ。だが仇を討つ義理はあったし、それを他の誰かに任せて自分では何もしねえというのは、我慢がならない。

……まあ、そんな訳でだ。

戦勝ムードで浮かれる傭兵仲間も、国民達も――俺にはその喧騒そのものがどこか遠い世界の出来事のように思えた。

この国は終わる。勝とうが負けようが、関係はない。仮にも国の運営をしていた人間を殆どぶち殺してしまえば、浄化だなんだの前に柱が消えてこの国は崩れ去るだろう。

よほど清廉潔白な人間がその後の地位に携わったところで、人数はたかが知れている。やることに対するキャパシティが足りないだろうし、どのみちこの腐りきった国にまともな人間が残っているわけもねえ。

だからこそ俺は俺がやるべき事が残っているうちにこの国に来て、そうしてその後にこの国から去るつもりで居る。沈みゆく国の終わりを見届けるつもりもない。

「ふん……」

邪教団の会合の様な宴を、顔を顰めながら眺める。

……本当に、不味い酒だ。

◆

内乱が始まってから数年が経った。

一人また一人と傭兵部隊のメンツが入れ替わっていき、やがて俺以外の隊員が全員入れ替わったころ、俺は死んだ奴らが夢見た光景を前にして立っていた。

「……なあ、見てるかアダン」

国の行く末を象徴するかのような厚く黒い雲の下、俺はこの場にいない友に向けて問を投げかける。

答える者のいない呟きは、津波のような歓声にかき消されて誰にも届く事はなかった。

悪趣味ではあるが、出来る事ならあいつにもこの光景を見せてやりたかったが。

場所は、国境近くにある処刑場。辺鄙な場所にあるというのに、今この場には溢れんばかりの――というより、事実、砦を囲む塀の外まで、駆けつけた人々で溢れかえっていた。

これも、誰もが待ち望んだ一大イベントを一目見ようと国中から人々が集まった結果だ。

見渡す限りの人々の視線は今、布を被った処刑人に連れられる一人の女に注がれていた。

血に染まった雪のような——赤味がかった白髪、『スルベリアの髪』を揺らす女の名前はミレーヌ＝イルタニア。身に纏うのは罪人が着る、薄いボロ布が一枚。その体を締め付ける黒い革の拘束具が薄布の下の豊満な体のラインを浮き上がらせている。

何処か扇状的にも見える格好だが、この場にこの女をそのような眼で見ている奴は殆ど居ないだろう。

そもそも、こんなモノでもそれは高価な、魔力封印用の魔術器具らしい。ほどけばたちまち、強大な魔力が迸る、とのことだ。

最期の瞬間まで、カネのかかる女とは実にらしい。俺は、皮肉げに鼻を鳴らす。

大観衆の注目の中、処刑人が絞首台の下へと連れられた女の口に巻かれた布を取ると、その面貌が顕わになる。

公平な視点でみれば、その顔は美人と言ってもいいのだろう。地位も、美貌も、魔力も。全てに恵まれた環境はなるほど、神に愛された者と自らを謳うのもわからないではない。

「くっ……そぉ！　この愚民どもっ！　この私を誰だと思っているの⁉　イルタニア神に愛されし、神の寵児たるこの私、ミレーヌ＝イルタニアにこの様な……！」

だが、その性根は腐りきっていた。口が動くようになると、ミレーヌ＝イルタニアは、

好き勝手にわめき始める。

恥も外聞もない、この期に及んで民衆を見下し切った態度は、見ていて気持ちいいものではない。

身を守る兵士という虚飾の鎧は剝ぎ取られ、唯一信頼していた自分の魔力も、今は封じられ使えない。

頼るものを無くした悪の妃の怨嗟の声は、聞くに耐えないものだった。

尤も、この女に対する憎しみでここまでやってきた者達からすれば、絞首台から聞こえる声もこれから配されるメインディッシュの前菜にしかならないのだろう。

しかしまあ威勢のいい……とは少し違うか。この期に及んでも自分が死ぬとは思っていないのだろう、想像力が欠けた怒りの表情は、今まで見てきた貴族共と変わりない。

「必ずやイルタニア神の裁きが下るわ！　それが嫌なら今すぐにこの馬鹿げた反乱を終わらせなさいッ！」

どこまでも人々を見ていない物言いに、周囲の怒りが高まっていくのを感じた。

俺はこの異様な空気に、熱の高まった民衆達と温度差を感じていた。

……アダンがこの場にいれば、周りの人々の様に拳を突き上げていたのだろうか？

「殺せ……」

とうとう、導火線に火が点くように、誰かがそう叫んだ。

喧騒に巻き込まれながらも、その言葉は——おそらく民衆全員に——耳元で囁いたかのように浸透していく。

「殺せ……殺せ！」

「殺せ！　その女を吊るし上げろ！」

「ひっ……!?」

一度火が点けば、後は猛烈な勢いで意識が一つとなり、突き進んでいく。

……導火線に火を点けた、という比喩は間違っているかもしれない。きっとずっと前に火は灯っていて、それが爆弾に火を届けた。

その瞬間が、今なのだろう。

もはや、統一された大きな意志は一つの生物だった。

誰もが拳を突き上げ、殺せ、殺せと叫ぶ。意思を持った巨大な怪物が怒りの声を上げるかのような咆哮だった。

「ま……待ちなさい！　待って！　か、神の裁きが怖くはないの!?」

そうなるといよいよこの女も自分の置かれた状況を悟ったか、焦りと恐怖を顔に浮かべ始める。

だがもう遅いだろう。火は爆弾に届いたのだ。

それに——この期に及んで、神なんて誰も信じちゃいない。少なくとも、こんな女を愛するような愚かな神は。

「うるさい！　ならばこの状況をなんとかしてみろ！」

「誰もお前なんか愛しちゃいない……！」

もはや、何を言ってもこの女の一言一句が民衆の怒りを煽るだろう。

既に、事態は不可逆的だ。どうあっても、この女の処刑は実行されるだろう。

再び「殺せ」の唱和が始まる。同時に、ミレーヌの顔にあるのは明確な恐怖となった。

同時に、その瞳から涙が溢れてくる。

「いやよ……嫌！　死にたくない！　き、きっと今なら神もお許しになるわ！　だから助けて……！　死にたくないの！」

そしてその口から紡がれる悪態は、命乞いとなる。

やはり肝が据わっているのではなく、ただ状況を理解出来ないだけの阿呆だったようだ。

「この期に及んで……！　命乞いをするメリッサ様を、貴様はどうしたッ！」

「我々が集めた署名も破き捨て、メリッサ様の助命を乞う民衆の声を鼻で笑ったのはどこのどいつだ！」

「神の奇跡を謳うのならば、メリッサ様を生き返らせてみろ！」

既に失われたものは返ってこない。

ここに至るまでに、あまりにも多くのものが失われているのだ。

血を失えば命は消える。この女にも、この国にも、もはや決定的な何かが落ちて無くなっていた。

民衆の興奮は最高潮だ。誰一人として自分の味方は居ない。その事実にミレーヌの顔がさっと青く染まっていく。

「い……いやあああッ！　待って、待ってよ！　お願いだから待って……！　どこの誰でもいい！　助けてっ！　神様、神様あッ！」

しかしまあ、なんとも醜い死に様だ。

俺は、勝つ為には何でもしていいと思っている。魔力を持たない俺には、手段が選べないからだ。

ただ、それでも死に様くらいは選びたいもんだ。

誰でもいいから、という言葉はそれだけ頼る人間がいない証だろう。肝心の神は、『寵児』が叫んでいたとしても助けてなんてくれやしない。

あの女はたった一人だ。だからといって憐れむつもりはない、これは自分で招いた結果だ。ただただ、こうはなりたくないと、俺は唾を吐く。

いっそ、もう終わらせてやるのが慈悲なのかもしれない。

この女にそんなモノをかける必要は無いが、この見苦しい有様を見る為にアダンや、ほかのましな連中が死んでいったと思うとヘドが出る。

あるいは俺もこの女の死を望む者の一人だったのかも知れない。場の空気が一色に染まるのを見てか、ミレーヌをくくる綱を引く処刑人が階段に足をかける。

——だが、その時だった。

「あ……？」

突如飛来した矢が、処刑人の頭を横から貫いた。

それを皮切りに、凄まじい数の矢が幕を作るように殺到する——！

俺は既に事切れた民衆の一人を盾にして、弓矢を防ぐ。

一体何が起こりやがった？　混乱しながら、状況を整理するが、答えは出ない。

ただ、恐らくだが——魔法にこだわらず、使えるものは使うという割り切った手段は、魔法という権威を振りかざし誇りを理由に進歩を止めたイルタニア軍のものではない。

——もっと強かな別の奴らによる強襲だ。

だがやがて矢の雨が収まると、幸運にもこの災害から逃れた反乱軍の兵士の誰かが叫んだ。

「こっ、コッ……コルオーン軍が攻めてきたぞォッ！」

それと同時のことだった。

黒獅子(くろじし)の旗を掲げた、漆黒の兵士達が処刑場へと押し寄せてきたのは——

◆

「はあっ……はあ……クソったれ……」

広場へとなだれ込んできたコルオーンの兵士を斬り伏せながら、悪態を吐く。

アレだけの人で溢れていた広場には、もはや数人しか残っていない。

あとは、死体とコルオーンの兵士だけだ。

今、この瞬間に処刑が行われる——その時飛び込んできた伝令が伝えたのは、隣国のコルオーンからの侵攻だった。

機を窺(うかが)っていたのか、たまたまこのタイミングだったのか、それはわからない。

だがそれは少なからぬ人々に「神」の存在を感じさせる瞬間だった。

まるで悪女ミレーヌを救うかの様なタイミングでの侵攻であり、それは長い間王国と戦っていた人々の心を打ち砕くには十分にすぎる絶望だった。

それでも残って戦う傭兵や反乱軍はいたが――もう、立っている人数も数える程だ。

俺も、その傭兵の一人である。

もはや雇い主もいない、金も出なけりゃ、国を守るもなにもない。だというのに、なぜだか俺は逃げるという選択肢を選べなかった。

包囲を狭めるように、コルオーンの兵士達が向かってくる。

そうなれば、もはや考え事をしている暇もない。

「おおおおおおッ！」

ただ己の衝動に身を任せて、押し寄せる津波のような『敵』に剣を振るう。

敵の兵士のうち一人が、真正面から突っ込む俺に対して侮蔑の声を浴びせてくる。

「馬鹿な、魔術も使わずに向かってくるか！」

意に介さず、俺はそのまま突っ込んだ。剣が向けられ、剣の先に赤い光が集う――次の瞬間、剣の先から炎が放たれた。

俺は心中で馬鹿め、と呟いて身を屈めながら走り抜ける。

巨大な炎は俺の姿を隠してくれる。背を焦がす熱さに表情を変えることもなく、俺は潜り込んだ懐の下から剣を突き出した。

「か……」

顎の下から頭の上までを通った剣は、兵士に辞世の句を詠ませる間もなくその生命を断ち切る。

兵士達に僅かな困惑と、恐怖が伝播していくのを感じた。

そこから俺は、思う存分力を振るった。基本は低姿勢、出来る限り敵の同士討ちを誘いつつ、敵の魔術は目くらましに使う。

俺は魔術を使うことは出来ないが、それを持たないが故に魔力の気配には敏感だ。

放つ道具が武器か手か、それがどこに向けられているか、魔術の規模がどれくらいかだけを把握すれば魔術を避けるのは難しい事ではない。

「がっ！」

「ぎゃっ！」

なるべく相手が武器を振るいづらい位置を保てば、一対百だろうが二百だろうが変わりはない。

むしろ敵の数が、敵にとっての障害物になってくれる。俺にとっては、マトが増えるだけだ。

「あ、ありえない……！　魔術も使えない戦士一人に、こんな……！」

無秩序に倒れていく敵の中に、混乱の声が交じる。

そうだ、たかが魔術を使えぬ下賤の民だ。もっと侮れ、困惑しろ。それが隙になる。

灼熱した体から、白い息が漏れる。体力は限界が近いが、それが訪れる前に一人でも多くの敵兵を道連れにしてやる。

押し寄せる敵を殺す、殺す。怯える敵兵の目は、完全に獣を見るそれだった。

『野蛮なる牙』。誰かが俺を呼ぶようになった名前だ。俺と戦った魔術使いは、誰もがそう呼んできた。獣のごとく野蛮で、狡猾。なるほど、誰しもが同じ眼を向けるのならば、呼び名が定着するのも納得だ。

そうだ、俺は獣でいい。さしずめ寄る辺もない飢えた野良犬か。ただし、野良犬にも意地はある。

無限に押し寄せるような敵を、斬り続ける——だがいつしか、ふと凪が訪れたかのように、敵の動きが止まった。

怪訝に思うも、当然周囲はまだ山のような兵士が取り囲んでいる。しかしその並びは整然としており、まるで何かを迎えるようで——

「ハァッ……ハァッ……！　何が、来やがった……？」

異常事態の理由を把握する前に、疲れから止まった体が膝を突く。

回る車輪が徐々に動きを止めるかのようだった。既に死に体の身体を無理矢理に動かしていた『勢い』が止まって、暴れる心臓の音がやけにうるさくなって、身体の隅々までもが熱で灼けきっていく。

「……！　奴が膝を突いたぞ！」

それを好機と見たのだろう、敵兵の一人が歪んだ笑みを浮かべて駆けてくる。

俺は地に膝を突いたまま剣を突き出し、兵士の喉を貫いた。

暴れる肺を押さえつけて、顔を上げる。その先に見えたのは、女の顔だ。

黒い馬に乗る、冷たい目をした女の顔。馬に乗ることで明らかに他の兵よりも一段高い所にある顔は、そのままその女の地位を示している。

アイツさえ殺れば――！　剣を握る腕に、力が籠もる。

既に失われた燃料の代わりに命を燃やして、筋肉が隆起する。

「おおおおぉらあああァアッ！」

再び足に力を込めて、女へと向かって駆け出した。

「やらせんッ！」

「邪魔だあァぁ！」

立ちふさがる兵士の首を斬り飛ばす。

横から突き出される槍の柄を切り払い、地を走る岩の隆起を跳んで避ける。

最早力など殆ど残っていない体が着地に揺れると、そこへ突き出された槍が肩を刺す。柄を切り、乱暴に摑んで槍兵を引き寄せると、その頭に剣を突き立てた。

魔術と違って気配が読みづらい武器の攻撃が鬱陶しい。魔法を重用するばかりの形式張ったイルタニアの兵とは違う、使えるものは何でも使うという実戦的な戦術が俺の体と命を文字通りに削っていった。

俺は傭兵として何度かコルオーン側の戦いにも参加したことがある。この軍隊は、その時とはまるで別物だ。数年前まではコルオーンも魔術を重用するのはイルタニアと変わらなかった。

それを仕上げた者こそが、恐らくは――いや間違いない。あの女だ。あの女がこいつらのアタマ――コルオーンの女帝だ。

確かにコルオーンの女帝は相当な戦闘狂だと聞くが、それでも何故国家のアタマがこんな場所にいやがるのかはわからない。この機に乗じて一気に国を攻めに来たという所だろうか？

……なんにせよ、わざわざ顔を晒してくれるとはありがたい事だ。この不躾な襲撃のオトシマエは付けてやる。

アイツさえ殺れば――！　その思いを牙へと変え、地を駆ける原動力とする。

それだけはさせまいと群がる兵士を斬り、蹴り、同士討ちを誘う。

後少し、後少しで女帝の首にこの剣が届く。

アイツさえ殺れば――アイツさえ殺れば！

「……ッ！　くそったれがァ！」

――アイツを殺れば、どうなる？

どうにもならない。この国はもう、終わった。俺はただ、屍を動かしているだけだ。

とっくに尽きていた力の底が破れ、足が縺れる。

地面が起き上がって、俺の体を強烈に打ち据えた。

そこへ、コルオーンの兵士が群がる――が。

「待て」

冷え切ったハープを爪弾いた様な声が、荒れるさざめきを再び凪に落ち着けた。

疲労困憊の中顔を上げると、敵兵は動きを止め、整列していた。

視線の先にあったのは、馬から降りたコルオーン女帝の姿。長身痩軀、冷えた瞳と、長い黒髪が印象的な――『黒獅子』と呼ばれる女が、此方を見下ろしていた。

「『黒獅子コレット』か……」

「ほう、私の顔を知っているとはな」

コルオーン女帝、コレット＝フォン＝コルオーン。

　このイルタニアを滅ぼす敵国の主の姿が、そこにあった。

「一つ問いたくてこの場にやってきた。貴様は一体何者だ？　魔術も使わずに私の兵をこうまで退けるとは」

「ただの傭兵さ……それに魔術は使わないんじゃねえ、使えないんだ」

「何？」

　俺の返答に、コレットは僅かに驚きの表情を浮かべた。

「そうか──お前は、魔力を持たんのか」

　そして、瞠目する。

「へっ……下賤の民だと軽蔑したかい？」

「いいや。むしろ逆だ。魔力を持たず肉体を鍛え抜き、戦術を磨き──我が兵を数百以上も屠ってみせたその手腕に敬意を表する」

　その言葉に、今度は俺が驚く事になった。

「お前の様な存在を見ていると私の考えは間違っていなかったと再認識出来るよ。この世界は魔術を至上としているが、弓も槍も、その刃は容易く命に届きうる。使えるものは何でも使うべきなのだとな」

……驚いた。どこの国も貴族様は魔術こそ最高、剣は魔術を使う為の棒きれとでも考えていると思ったのだが。

「お前のように、研ぎ澄まされた刃ならば尚更だ。貴族の爺どもに見せてやりたいものだよ。貴様の様な戦士の戦いをな」

「……へっ、野良犬風情にリップサービスが過ぎるんじゃねえか？」

もう息をするのも苦しいが、皮肉な笑みを浮かべて答える。

疲れを見せるのは――隠しきれていない事は置いといても――敗けを認める様な気がしたからだ。

しかし、そもそもこの女には勝負という前提さえも無かったのだろう。コレットが、笑みを浮かべる。

「ふっ、お前の様な野良犬がいるものか。軍事でならしたコルオーンの兵士を、いとも容易く屠る野良犬がいては困る」

死にかけの傭兵の皮肉に怒るでもなく、愉快そうに笑うコルオーンの女帝はなるほど、帝国の王にふさわしい風格を纏っているように見えた。

だがふと、笑みを消し、女帝は問う。

「野良犬と言ったな。傭兵であればこの国に殉ずる必要もあるまい。私に尻尾を振るつもりはないか？　お前のような男の力を得られれば、我が国はより強大な力を得ることが出来るだろう」

笑みを消して問うたのは、その言葉が本気のものである事を示しているのだろう。

異例のスカウトだ。周囲の兵士にもどよめきが走る。中には「魔力を持たない者を……」という困惑混じりの呟きも聞こえるが――

「ならば、この男を一騎打ちで倒せるか？　可能だというのならば、近衛に取り立ててやっても良い」

女帝の一言で、千以上は居るであろう兵士達は一斉に押し黙った。

どうやら、いよいよもって本気らしい。

たかが傭兵の一人を、顔を見せて直々にスカウトしようというのだ。

全く豪胆な事である。……もしもこの侵攻を予め知っていたら、こんな女の下で働いてみるのも悪くなかった。そんな風に思う。

だが――

「一つ聞かせてもらってもいいか」

「申してみよ」

「この侵攻にはどういう意図があった？」

「……そこの絞首台の上にいる女には、大層無礼を働かれたのでな。『神の寵児たるこの私に国宝である剣を献上せよ』と、我が国をまるで属国のように扱うという無礼、その喧嘩を買ってやるつもりで来た」

顎で絞首台を指す女帝の言葉に釣られて見ると、白い髪を揺らしてミレーヌがびくりと肩を震わせた。

「その女が、わざわざ国境近くのこの場所までお越しになっていると耳に入ったので足を運んだのだが……まさか、このような有様とはな。蜂起した民衆に打ち倒されるほど腐敗した——手にかけるまでもない程の国だとは思っていなかった」

お笑いだ。やはりこの国は随分前に『終わっていた』らしい。これほどまでに決定的なものだとは思わなかったが——女帝の答えは、俺を満足させるに十分なものだった。

「くくく……」

神様神様と平和ボケしていた国が、武闘派で知られる帝国に喧嘩を売っていたとはお笑いだぜ。

「ならあの女を助けに来たってワケじゃねえんだな」

「悍ましい事を。むしろその逆よ。聞きたい事とは、その事か？」

「ああ——満足したよ。あんまりにもタイミングがいいんでな、神の存在ってヤツを信じかけたところだ」

掠れた喉を鳴らして、俺は笑った。

ちらりと視線をやれば、あの矢の雨も絞首台のミレーヌには当たらなかったようだ。

……いやいや、神というのは本当にいるのかもしれないな。この状態でアイツが生きているのはまさしく奇跡だ。あるいは、この女帝が奴を避けて矢を放つように命じたのかもしれないが、進退窮まった反乱軍の誰かがせめてあの女だけはと道連れにしていてもおかしくはなかったろうに。

神様という奴がロクな事をしないというのはわかりきっていたが、この混乱でまだ無事でいるとは驚きだ。

まあそれにキチンと幕を引きに来た奴はいるわけだが。

……結局こうなっちまうのは情けないが、黙っていても目的は果たせるようだ。

仇討ちだなんだと言うつもりはないにせよ、俺がそれに全く関わらずに居るのは我慢出来なかった。この戦いに参加したのは、俺のつけられるケリはてめえでつけておきたかったというのがある。

結局、最後の最後はうやむやになっちまったが、これで思い残す事はなにもない。

「ははは っ……はあ。答えを返すぜ女帝さんよ。あんたに降るつもりはねえ。どちらにせよ滅ぶ国だったとしても、故郷を滅ぼした相手に尻尾を振れるほど愛嬌もないんでね。俺はここで野垂れ死ぬ。それが野良犬なりの誇りだ」

「……つくづく惜しいが、お前の掲げる誇りを尊重しよう。だが最後にこれくらいは聞かせよ。——お前の名前は何という？」

「エンヴィルだ。……姓はねえ。傭兵仲間のあいだじゃ〝野蛮なる牙〟のが通りはいい」

ごく僅かな逡巡の後、美しい黒獅子は片手を挙げる。

俺が限界である事は当然のように知っていたというわけだ。

いい女に買ってもらえるのは、最後にしちゃ悪くない。

「しかと覚えた。私の目的の為にもお前の存在は語り継ごう。魔力も持たずに一騎当千の立ち回りを見せた伝説の傭兵が——最強の『戦士』が居たとな」

どうやら本当に惜しんでくれているらしい、苦々しい笑みを浮かべると、コレットは絞首台のミレーヌを一瞥した。

「我が国にとっては不幸中の幸いかもしれんな。あの女のような屑ではなく、もしもお前のような者に大きな魔力があったなら、この大陸の勢力図は大きく変わっていただろう」

神に愛された証という『スルベリアの髪』を持つ者は、魔力に恵まれるという。そんな力があれば、俺も少しは違った生き方をしていたかもしれない。

随分と買われたもんだが、あの女を見ているとそんなモンがあってもなくても結局は自分の生き方次第といったところだろう。

「さらばだ——誇り高き狼よ！」

力強く凛々しい声と共に、コレットは掲げた右手を振り下ろした。

その瞬間、目が醒めたように兵士達が駆け出し——構えた剣が、次々と俺に突き刺さった。

急激に意識が遠のいていく。これが、死というヤツのようだ。

喉の奥から上がってくる血に溺れて、息が出来なくなる——

「……絞首台の床を落とせ！　ミレーヌ＝イルタニアを誇り高き狼への手向けとする！」

意識が完全に闇へと呑み込まれるその瞬間、俺は高らかに叫ぶ女帝の声を聞く。

王妃の首を野良犬の餌にするとは随分豪勢な話だ。まああの腐れ女が冥府の同道というのは勘弁願いたい話だが——

ともあれ、これでけじめってヤツはつけられた。

どうせ目的もねえ人生だ、ここで終わりってんならそれでいい——

口角を吊り上げると、そこですべての力が抜けて、俺の体は肉の塊と化した。

◆

――？

水底のように暗く重い意識の中に、小さな気泡が生まれるように疑問符が浮かぶ。

どうやら知らない間に眠っていたらしい。――眠っていたらしい？　自分で自分の思考に疑問を感じた。

俺は確か、死んだはずだが――どういう訳だかモノを感じて、考える事が出来る状態にあるようだ。

背中に柔らかい感触を感じる。身じろぎをすると衣擦れの音が聞こえ、水草に絡まっている意識が解放されて水面に顔を出す。

意識が戻ってくると、今度は困惑と共に閉じた瞼の裏に光を感じた。強く暖かい、太陽の光だ。

――どうなってやがる？

まさか死後の世界なんてモノが存在したとでも言うのだろうか。

女帝の号令で体に突き刺さる幾つもの剣の感覚を覚えている。

自らの血で溺れた息苦しさに、命の終わりを確信した。

だがどういう訳だか傷の痛みはなく——そもそもこうして俺の意識が存在するっていうのがまずおかしい。

疑問に思いながら、瞳を開き、ゆっくりと上体を起こす——

「ひっ……お、お目覚めになられましたか……！」

すると。近くから女の声が聞こえた。緩慢な動作で、声のした方に顔を向ける。

そこにいたのは、当たり前だが女だった。侍女——メイドというヤツだろうか。怯えきった表情で、こちらを見ている。

冥府の管理人にしちゃ、随分と肝の小さい事だ。その下っ端にしてももう少し泰然としていていいと思うのだが。

……まさか、俺は生きているのか？　あの状態から助かるなんて聞いた事もない。

思い当たりは当然ない。優秀な医者と魔術師を百人ずつ集めても、完全に死んだ体を蘇らせる方法なんて知らないだろう。

だがもし助かったのだとすればここは病院で、この女は看護師といったところだろうか？

だとするのならば、ここはコルオーンか。……あの女帝が言葉を違えるとも思わないが、俺を惜しく思って蘇らせたとでも言うのか？

「おい――」

　膨れ上がっていく疑問の一端はこの女でも答えられるだろうか。質問をしようとした瞬間、俺は喉に違和感を覚え、顔を顰める。

「ひっ、ひぃっ……！　どうか、どうかお慈悲を……！」

　だがそれ以上に、侍女が騒ぐ事騒ぐ事。

　どうやら俺に怯えきっている様だ。……自国の兵士を数百人も切り倒した傭兵が相手ってんじゃ、怯えるのも無理はないかもしれないが。

「ちっ……別に何もしやしねえよ……？」

　それよりも、やはり喉に違和感がある。いや、喉というよりは声……か？　妙に甲高いような……

　その事を聞こうにも、侍女は怯えて話にならねえ。

　さっきからわからないことばかりでイライラする。ここはどこだ？　俺は何故生きている？　あの傷はどうなった？

　その一つでも、分かればいいんだが――

　なにか手がかりはないかと、辺りを見回す。よく見れば部屋の内装はかなり豪華だった。

　富豪の家に仕事の話をしに行ったときも大概だったが、これはその時と比べるべくもないほど上のものだろう。

カーテンは服の生地よか高そうで、よく見ればベッドも悪夢を見そうなほど装飾に満ちていて、調度品の一つ一つは呆れるほどに豪奢だ。とても、捕虜の傭兵一人にする待遇ではない。

と。そこまで見回したところで、俺は凍りついたかの様に動きを止めた。

あるモノが目に留まったからだ。それは部屋の中には一つはあってもおかしくないものだった。当然これも呆れるほどに立派なモンだったが、それは置いておく。

どこの部屋にあってもおかしくはないモノ。それは鏡だ。

ただし、そこに映っていたのは、見慣れた古傷だらけの傭兵ではなく――

……少女だった。

「な……んだこりゃ……」

現実を疑いながら頬を触ると、鏡の中の少女も同じ様にする。

顔立ちからすると、十歳前後か？　輪郭は幼さを残しながらも、目鼻立ちは整っている。

美しいと表現してもいいし、可愛らしいと評するのも間違いではないだろう。

だがその頭から伸びる髪が最悪だった。

朱の混じった、長い白髪――同じ色を持つ、神が愛したと言われるスルベリアという花

の名前から付けられた『スルベリアの髪』。

それは数百年に一度生まれてくるという、『神に愛された者』が持つ証であった。

いやまさか。そんなはずはない。

頭に浮かんだ最悪の状況――そんな事があるはずはないと思っていても、なぜだか本能が強烈に訴えかけてくる名前がある。

「お、お休みをお邪魔してしまったのはお詫びいたします……！　お怒りでしたらどの様な罰も受けます……！　ですからどうか、命だけは……ミレーヌ様っ！」

現実を受け入れられず震える『俺』に、怯えながらも侍女が『その名』を呼びかける。二人きりの部屋で、俺以外の誰かが俺に向けて語りかけているのだ。他の誰かに向けた言葉ではない。

ああ、やっぱり。

こんな胸糞悪い髪の持ち主がこの世に二人といてたまるか。

ミレーヌ様、でこの髪の色の持ち主となりゃあ確定だ。

覚悟はしていたが――どうやら俺は、あの国を腐らせるほどに自分勝手で、反吐が出るほど情けないあの女として生まれ変わったようだ。

だとするとミレーヌの幼い容姿からしてここは過去か。妙に冷えた頭が状況を整理する。

……どうやら、この世にゃ神って奴はいないらしい。いるとするならばそれは、最低最悪の——

「くそったれめ……」

ロクデナシだ。

鏡に映る少女が、苦虫を噛(か)み潰したように口角を歪(ゆが)めた。

お嬢様
AUTHOR
赤石赫々
ILLUSTRATOR
かやはら
the Tale of Little Lady Who Conceals
"Savage Fang"
DESIGN KAI SUGIYAMA

第一話　矜持(きょうじ)

俺――いいや『私』が『ミレーヌ』として暮らし始めてから、そろそろ一年が経(た)とうとしていた。

その間にわかった事を色々整理しようと、俺は今物思いに耽(ふけ)っている。

まずこの体の名前は『ミレーヌ＝ペトゥレ・ド・レーリエ』であるという事。ミレーヌといえばあの悪女『ミレーヌ＝イルタニア』であったが、どうやらそれはイルタニア王家に嫁いでからの名前のようだ。

本来の名前は『レーリエ領ペトゥレ家のミレーヌ』を意味する『ミレーヌ＝ペトゥレ・ド・レーリエ』とのこと。

もしかしたら同じ名前を持った別人なんじゃあないかとは思ったが、結局の所イルタニア王国は今の所健在で、この『ミレーヌ』も『スルベリアの髪』を持つ『神の寵児(ちょうじ)』として、王子の下に嫁ぐ予定があるとの事だ。

となれば、ここは過去で、この体はあの『最悪の王妃』の幼少の頃なのだろう。あんな存在が二人といてたまるかというのはあるが、俺自身があの女として過ごすという屈辱に比べれば些細な事だった。

二つ目。ミレーヌという女は幼少の頃から碌でもねえクズだったらしいということ。

一年前――俺がこの体に宿った時、ペトゥレの屋敷の使用人の間じゃ、ミレーヌという女は触れれば爆発する火薬のような扱いを受けていた。

話を聞きゃ『神の寵児』として物心ついた頃からそれは好き放題やっていたようだ。この体に宿った時の侍女の反応は、そんな暴君を眠りから目覚めさせてしまった恐怖によるものだという。

その時の事を語る侍女は、これで自分の命も終わりかと思ったほどらしい。まあそれは大げさに言っているようだったが――

三つ目。そんなミレーヌの両親は、これまたクズ野郎だった。

といっても虐待だのという話ではない、むしろその逆――奴らは『スルベリアの髪』の言いなりだったということだ。

娘――ミレーヌの我儘にはハイ以外の答えは持ち合わせちゃおらず、人道を説く口も持たねえ。あるのは自分らのメンツと、『スルベリアの髪』という権力への依存だけだ。

娘の暴虐を止めるどころか為政者としてあるべき姿だと褒め称え、欲しがるものは何でも与える――それが、俺の見てきた『ミレーヌの両親』だった。

奴らはきっと、ミレーヌのことなんぞ拝んでりゃご利益のある銅像の様にしか思っていないのだろう。供物を捧げてりゃ育児をしている気になるとはお笑いだ。

まあ、そのお陰で俺もある程度好き放題やれちゃ居るんだが――

「ふっ……ッ！」

雑念を断ち切るように、身の丈に比べれば大剣と言えるであろう剣を振り抜く。

この体になってから、俺は徹底的に『ミレーヌ』の体を鍛え始めていた。

そりゃあ苦労したもんだぜ。あんまりにも力がねえもんで、初めは屋敷の使用人の手伝いをするといって荷運びから始めたのを思い出す。

その甲斐あってやがては樽を担ぎ上げられるようになり、今では大型の家具でも軽く持てる様になり――剣を握り始めたのは、そんな最低限の力を付けてからだった。

それでも体には外見上僅かな変化しかなかったのは、この体に『魔力』とやらがあるからだろう。

考えてみりゃ当たり前だ。前の歴史じゃミレーヌは『スルベリアの髪』をひけらかし、それによって与えられた力を事あるごとに誇示していた。

――教会を焼いたのも、その一環だ。

それを思うと苦々しい味が口の中に広がるが、しかし魔力を鍛えるというのは俺にとっては新鮮で、興味深い事だった。

何もやることが無かった、というのもあるが——生まれがどうあれ、この世の全ては力が決める。前世でそれを痛感した俺には、力を得る必要があった。

前世では持たなかった魔力というヤツに慣れる必要もあったし、両親共の言いなりになって王家に嫁ぐだのという、敷かれた道を歩くつもりもなかった。

となると出奔でもするしかないのだが、てめえの身一つでやって行くには、どうしても力が必要になってくる。それを身に付けるための鍛錬だ。

気合と共に剣を振るい、体に満ちる魔力の扱いを試していく。

この体になってすぐには空樽一つ上がらなくて愕然としたもんだが、俺も随分と力を付けてきたものである。

といっても魔力とやらを使っているせいか、筋肉の方は最低限しか付いちゃいないみたいだが、その辺りは男と女の性差ってのもあるだろう。贅沢を言うつもりは無かった。

……情けねえ話だが、既に前世よか力は出ているだろうというのもある。

「まったく、インチキにも程があるぜ。魔力ってのも、『スルベリアの髪』ってのもよ……」

『スルベリアの髪』というヤツはこのイルタニアという国の名前の因となった『イルタニア』という神が、愛した花と同じ色を持つ事からついた名前だ。故にこの髪を持つものは『神の寵児』と呼ばれている。

前世でのミレーヌの最期を考えれば神の存在なんてモノはバカバカしい事この上ねえと考えちゃいるが、どういう訳だかこの『スルベリアの髪』の持ち主はすべからく莫大な魔力に恵まれるというのだ。

ミレーヌも、事あるごとにその力をひけらかしていた。教会だの山だのを焼くとか、えらく趣味の悪いガキの火遊びばかりしていたようだが。ロクな使い方をしていなかった事を考えると宝の持ち腐れというか。前世で最後に聞いたコルオーン女帝の言葉を思い出さざるをえない。

『あの女のような屑ではなく、もしもお前のような者に大きな魔力があったら、この大陸の勢力図は大きく変わっていただろう』――あの時は随分と持ち上げやがると思ったもんだが、こうして魔力ってヤツを持ってみると腕っぷしで歴史に名前を残すくらいはなんとでもなるだろうという考えは浮かぶ。

頬を汗が伝うのを感じたところで、俺は剣を庭に突き立てて、空を仰ぐ。

視線を落とすと、そこには少女の小さな手があった。

——前世じゃあ、俺は魔力を持っていなかった。その事で『下賤(げせん)の民』やら『魔法無能者』なんて蔑まれたもんだ。

だが、代わりに俺は戦場で敵を殺す『技術』を身に付けた。誰もが俺の力の正体をつかめず、倒れ伏していった。魔力を持たない俺に敗(ま)けた奴らは口々に俺を卑怯(ひきょう)だ、野蛮だと罵った。そうしてついた二つ名が『野蛮なる牙(サベージファング)』だったというわけだ。何もわからねえ奴らの負け惜しみを表すような名前は、俺にとって悪い物ではなかった。

——そうして敵のハナを明かし続けてきた俺だったが、最後はより大きな力に呑(の)み込まれて、殺された。

結果的にその生命は絶たれ、今では最も嫌っていた『最悪の悪女』の体に押し込められている——

怒りとともに、力強く、拳を握った。

「絶対に……絶対に敗けねえ。この人生じゃ、何者にも、神にさえも俺の邪魔はさせねえ……っ！」

権力の、民意の、歴史の。大いなる力の流れの——運命に流されるままの人生は二度と送らない。

覇王になるつもりはない。復讐(ふくしゅう)だとかも、するつもりはない。俺自身が『ミレーヌ』

ってんじゃ、する相手もいやしねえ。

だから、二度と敗けない。それだけが、今度の俺の人生におけるルールだ。

邪魔をする障害はすべてなぎ倒し、俺は生きるがままの道を歩む。

その為にも――今は、この求めれば求めるだけ、貪欲に力を身に付けるこの体を鍛える必要があった。

迷いを断ち切るように、剣を掲げ、振るう。

「オラァァァッ！」

裂帛（れっぱく）の気合を込めて振った剣は魔力を迸（ほとばし）らせ、庭に一筋の裂け目を走らせた。

……全く、気に食わねえが魔力ってのはすげえ力だ。

魂から生まれるあらゆる力の源、それが魔力だ。……と本で読んだ時には何の事かわからなかったが、こうして魔力というヤツを持ってみると成程、あらゆる力の源というのもあながち間違っちゃいない事がわかる。

持ち主の心に応じて、魔力はあらゆる『力』に姿を変える。火や水、雷や土。そして最も単純な肉体の『力』にさえも。イメージ次第で魔力はあらゆる力を生み出すようだ。

だがそれにも個人個人で得意な属性というモノがあるらしく――それで言うと俺の得意な属性は『光』であるようだ。

しかしまあ皮肉なモノだ。エンヴィル(俺)にせよミレーヌ(あいつ)にせよ、どう考えても光属性ってえガラじゃあねえ。

とはいえ光の属性ってのが俺に与えられた手札というのならば、その使い方を模索していく必要があるのは確かだ。光属性ってのはどうも持ち主が少ないらしく、その使い方一つとっても今ひとつ要領を得ない。じっくりとその利用方法を模索していく必要があるだろう。

だがそれをするにはまず基礎からだ。そんなわけで、今俺は魔力そのものや、魔力を使った身体(からだ)の動かし方について造詣(ぞうけい)を深めていた。

魔力といえば炎を出したり冷気を放ったりという『魔術』がまっさきに思い起こされるが、その使い道はそれだけではない。魔力は持ち主の力や頑丈さにもなるようだ。

その影響は本来微々たるものだというが、大きな魔力を持っていれば、それだけ大きく肉体的な力にも影響を及ぼす。

その証拠に魔力ってヤツを振り絞るだけで、この小さな体にどこまでも力が漲(みなぎ)ってきやがるのだ。

こんなに小せえ体だってのに、鉄の大剣が枯れ枝のように振り回せちまう。

全くもっていけ好かねえ力だと、俺は舌を打った。魔力を持っていない人間から言わせりゃ、便利すぎて理不尽にも程がある。この感覚は、後天的に魔力を手に入れた俺にしかわからないモノだろう。

どうやら魔力というのは使えば使うほどその量も増えていくらしい。極端に量が減ると、これじゃあ足りないとカラダが考え、より多くの魔力を蓄えるようになる。……っていうのが理屈だったか。

ようは筋肉と同じ様なモノなのだが、誰もが必ず持っている筋肉とは違い、ごくごく稀に魔力を全く持たない人間というのが生まれてくる。

それがかつての俺──『傭兵エンヴィル』だった。

魔力は使う事でよりその量を増していく。……つまり、最初から魔力を持っていない人間が後天的に魔力を得る事はないのだ。

たられればを考えても仕方がないが、こんな力を手にすると否でも応でもあの女帝……コレットの言葉が脳裏をよぎった。

魔術に関しちゃまだまだトーシロだが、あの時この運動能力があれば、あの女に刃が届いたかもしれない。アイツを恨んでいるわけじゃあねえが──そうなったら、あの世界はどのように動いていただろうか。

「……今日は、こんなモンにしとくか」

舌打ちをし、剣を鞘に納める。

気がつけば、汗が流れていた。女の体だからか、前世のそれよりもサラサラとしている気がするが、それでも服が湿ると気持ちが悪い。

剣を鞘に納めて、今日のトレーニングはこのくらいで終わりにしちまおう、なんて考えると――

「はいっ、どうぞミレーヌ様！」

この体で最初に出会ったあの侍女が、いい笑顔でタオルを差し出してきた。

「おう……ありがとうよ、レア」

名前はレアというらしい。彼女に礼を言うと、レアの顔が嬉しそうに緩む。

「いえいえ、私はミレーヌ様の〝専属の〟侍女ですから！　お着替えを用意しております、どうぞこちらへ！」

初めはこの世の終わりのような顔で怯えていたのが印象的だったが――どうも、ここ一年ですっかりと俺……というよりミレーヌへの恐怖を克服したらしい。

どころか今では俺の専属の侍女である事を誇りに思って居るようなフシがある。

今も、専属であるという部分を強調し、周りへの牽制としていた。

……周りとは？　といえば――

「ああ、ミレーヌ様今日もお美しい……！」
「華奢な体であんなに大きな剣を、自由自在に操っていらっしゃいましたわね！」
「弾ける汗が眩しいですぅ……！」

他の侍女達である。

……俺が目を覚ましたばかりの頃は誰も彼もがミレーヌに怯えていたのだが。

その下地があってこその感情の振れ幅――ギャップというのだろうか。

声をかけるたびにこの世の終わりのように怯えられるんじゃ流石にやり辛いと、侍女や執事に優しく接するのを心がけていたら、このザマだ。

今じゃ訓練するたびに侍女が集まり、こうして黄色い歓声を好き勝手上げやがる。お陰で鬱陶しくてありゃしねえが、新しい生活ってヤツを始めたばかりの頃の、すれ違うたびに化け物でも見たような反応をされるよかよほどマシだ。

まあこれも両親に言えば黙らせられるんだろうが、今より立場を悪くする必要もない。

反応を求める侍女の声に、傭兵仲間にするような片腕を挙げるだけの挨拶を返すと、黄色い声がより大きくなる。

……全く、今も『昔』も煩わしいぜ。『ミレーヌ』って存在はよ。

◆

「おおミレーヌ！　今日も美しい髪をなびかせているな。鍛錬はもう終わったのかい？」

服を着替え、屋敷内を歩いていた時の事だった。

屋敷内では珍しく——この体に乗り移ってから屋敷の外に出た事は数えるほどしかないが、ともかく——ミレーヌ、と敬称を付けずに呼ぶ声に、俺は心中で舌を打つ。

「……ああ。まあな」

「おお、またそんな言葉遣いをして。最近では言葉遣いだけではなく行動も変わったとメイド達から報告を受けているが——何か変な小説にでも影響をされたのかね？　行動の方は評判がいいようだが、言葉遣いがそれではイルタニア家に嫁いだ時に困るぞ？」

……これだ。悪気がないのは分かるんだが、鬱陶しいったらありゃしねえ。

この男は、言葉遣いを見れば分かるだろうが、ミレーヌの父親だ。

名前はバルザク＝ペトゥレ・ド・レーリエ。権力と金にしか目が行かない——俺ら市民の目線でいう『普通の貴族』ってヤツだ。

普通の貴族でなくとも、これから王家に嫁ごうっていう娘の言葉遣いを矯正しようとするのは当たり前なのだが——

「わかってらぁ。外じゃそれなりの言葉を使う。それが手札になるってんならそうしてやるよ」

「これは手厳しい。だがそういうつもりならば私から何かを言うつもりはないよ」

……これだ。

大物ぶってるのかなんなのか。言うつもりはない——じゃあねえだろう。娘であるはずのミレーヌの機嫌を窺い続けてきたこいつらには、俺の機嫌を損ねるような事は言えないのだ。

……これじゃ、多少は『ミレーヌ』が歪むのもわからないでもない。結局の所それに胡座をかいて国までも滅ぼした女を憐れむつもりもないが。

普通の貴族の親ってのがどういうモンかは知らないが、社交界に出ていこうって娘がこんな喋り方をしていたら引っ叩いてでも矯正するんじゃないのかね。

尤も、そんなにこの家に長居する気もないのだが。

とは言えこうして見咎めるくらいはしてくるのがこの親をよく表しているというか。

「あまり厳しく言うつもりはないが、来月に控えたアルベール王子との縁談では粗相の無い様にな」

ようは——自分のメンツが守れれば、不利益にさえならなきゃいいというワケだ。

全くわかりやすい話である。……傭兵としちゃ否定するばかりの考えでもねえが、てめえの娘に対する態度じゃあねえ。

「……チッ。ええ、わかっておりますわお父様。当日は私もお行儀よくしています。……こんなモンでいいかよ？」

着替えたドレスの裾をつまんで、人形の様に礼をする。

正直自分で怖気の走る様な喋り方だが、これが上流階級なりの礼ってヤツらしい。

「うむ！　よろしい。ではまたな、ミレーヌ」

「ああ――」

俺の返事に満足をしたのか、バルザクは上機嫌で去っていった。

あれで貴族という事もあり、そこそこ忙しく稼いでいるらしい。お陰で、このペトゥレの家にいれば大概のモノは揃った。そこだけは素直に感謝してもいいか、などと考える。

しかし来月には婚姻を前提に王子に顔見せに行く……って話は流石に気が重かった。

女の体でも中身は男だ。男と懇ろになるなんてのは考えただけでも寒気が走る。

こと神に関しちゃ妄信的な奴が多い国だ。『神の寵児』なんて言われる存在を無理やり手籠めにしたりはしねえと思うのだが。

この国――イルタニアでは、その国の名にもなった神を盲信している。実際には神なんてものがいるなら神に愛されていたらしい前のミレーヌはアレほど無様を晒さなかったろうし、そもそももう少し真面目な奴を『スルベリアの髪』に選んでいたのだろう。

が、今この国にいる奴らはそんな事は知らないで、イルタニア様イルタニア様と毎日祈りを捧げている奴が殆どだ。神様とやらに選ばれた女が国を壊し尽くしてこの国は終わったのだが、それを知るのも俺だけだ。

そういう意味では、『スルベリアの髪』を持つ俺が一番神様って奴を理解しているんだろうな。しかし――

「ちっ……来月、か」

気が重い日が思ったよりも早くやってくる事実に肩を落とす。

登城するとなれば、流石にこんな喋り方ではいられない。破談は願ったりといったところだが、それで家を放逐するとでもなったらコトだ。

今この状態でも腕っぷし一つで生きていくのは難しい話じゃあない――が、何もしなくてもメシが出る上、寝床にも困らない状況で思う存分体を鍛えられる環境を捨てるっていうのは少々惜しい。

もう暫くはこの余裕がある環境で力を付けて、地盤を固める必要がある。

どこに行っても目立つこの髪は邪魔な事この上ないし、ガキの見た目じゃ舐められる。

まず舐められて入るんじゃ、美味い話にゃありつけそうもない。傭兵ってのも、お嬢様ってのも、イメージ商売という点は変わらないらしい。

暫くは、奴らの望むお嬢様でいる必要があるってわけだ。

「ったく、お嬢様も楽じゃあねえってか……」

忌まわしげに一人呟いた言葉は、長い廊下の先に吸い込まれていった――

第二話　神婚

不規則に揺れる馬車の中。

とうとうやってきた『例の日』に、俺は心中に暗雲を浮かべていた。

頬杖(ほおづえ)を突いて見る窓の外の天気は、憎たらしいほどに晴れ渡っている。親父(おやじ)のバルザクは神もこの婚姻を祝福している――だのと大喜びだ。

「機嫌が悪そうだねミレーヌ。前は王子との婚姻をあれほど喜んでいたじゃないか」

自然と表情に出ていたらしい。

舌打ちをなんとか我慢して、窓の外を眺めたまま答える。

「それはもう。女心は移ろいやすいものといいますから」

ヨソ行きの為(ため)、今日一日はこれだ。正直言って、この口調が一番煩わしいというのもあった。

しかし当然それだけではない。両親が気合を入れに入れた装飾過多の服は動きづらいし、ヘッドドレスは視界の端で揺れていて鬱陶しい。

何よりも、この国を滅ぼす片棒を担いだ『史上最低の暗愚』と会い、媚を売らなきゃならないっていうのが一番面倒くさかった。

――贅沢三昧で国庫を干上がらせ、異を唱える者はいとも容易く処断し、アチラコチラに喧嘩を売って回った事によって国を滅ぼしたのはミレーヌだが、その立場は王ではなく王妃だ。

ある程度は好き勝手やれるとは言っても、特に大事な事は最終的な決定権ってヤツを持っている者が別にいる。

前の歴史――と便宜上呼ぶ――では、それこそがこれから会う『アルベール王子』であった。

噂じゃ賢く優しい王子だと聞いた事はあるが、何の事はねえ、悪姫ミレーヌの言いなりの優柔不断な男。それが史上最低の暗愚の実態である。

唯一つ、美男子って評判は間違っちゃいなかったが、それさえも奴の弱々しさを彩っているというか――ある意味じゃ、ミレーヌよりも情けない奴というのが、『暗愚』に感じていた評価だった。

それと、懇ろになれというのだ。機嫌も悪くなって当然だろう。

同じ男として、だとか言うつもりはないが、仮にも国のトップに立つ男がナヨナヨした優男ってのは、俺としちゃ少々気持ちが悪い。人がついてくる男には、それなりの在り方ってのがあるもんだ。

「おお、見えてきたぞミレーヌ！　あれこそ、イルタニアの中枢！　誇り高く荘厳なイルタニア城だ！」

大きくため息を一つ吐き出すと同時に、何やら興奮した様子でバルザクが窓の外に乗り出す。

その先に見えていたのは、言葉通り立派な城であった。

……まあ、俺は前世でも入った事があるんだが。その時はアルベールの野郎を文字通り『引っ張り出し』に入ったんだったが。

結局引っ張り出すまでもなく奴は怒り狂った民兵に——と、まあそれはいいか。

「気が重いぜ……」

口の中で転がすような愚痴は誰にも聞かれる事なく、爽やかな風に淩われていった。

◆

「よくぞ参った、『スルベリアの髪』を持つ者、ミレーヌ＝ペトゥレ・ド・レーリエ。そしてその父バルザク＝ペトゥレ・ド・レーリエよ。足労であったな」

登城して、最初にやってきたのは謁見に使う玉座の間であった。跪く俺達を見下して――というのはちと敵意に溢れた言葉選びか。

一段高いところで見下ろしながら、威厳たっぷりに俺たちを労うのは、ヨーゼフ＝イルタニア、現イルタニア国王であった。

長い髭と長い金髪、戴く冠に鋭い瞳――と、王という言葉のイメージ通りの老人だ。

……と、褒めたところでコイツも結局は暗愚なのだが。

確かに、今までイルタニアという国が平和だったのはこの男の手腕によるところも大きいだろう。軍事で領土を広げ続ける隣国のコルオーンと和平を結んで、いよいよという所まで平和を維持したのは見事と言えば確かに見事だ。

内政だって、税はそれほど重くはなく、民衆の不満もあまり聞いた事はない――と、功績を並び立てれば枚挙に暇がないほどで、その辺りを評価すれば名君、という事になったのかもしれない。

唯一つ、ミレーヌという女をイルタニア王家に引き入れた最悪の失敗を除けばだが。

どうもこのヨーゼフという男は、それは敬虔なイルタニア信者だったようだ。ミレーヌの人柄にも気づいてはいたろうが、その事実を差し引いても王家に『神の寵児』を取り入れたかったのだろう。結局はそれが、この国の歴史に終止符を打つことになった。

せめて王子がマトモに育ってりゃ、最悪の結果が訪れる事は無かったのだろうが——

「……ほれ、アルベール。いつまで隠れておる？　お前の婚約者が来たのだぞ、顔を見せよ」

「は……はい……っ！」

呆れ混じりの叱責の声に応じて、玉座の陰から小さな影がひょっこりと顔を出す。

だがまだその体半分は玉座の陰に隠れていて——その様はまるで小動物のよう。

……なるほど、これが『史上最低の暗愚』の幼い頃の姿ってワケか。

そりゃあなるってモンだぜ——誰も見ていなかったら、俺は苛立ちから自分の頭をガシガシと掻いただろう。

玉座の陰から現れた影は、一言で言って少女と見紛うものだった。

短く切りそろえられちゃいるが金髪は汚れ一つなくサラッサラ。男女の性差が現れる前の年齢だとしても細く華奢な体つき。瞳は大きく、人形のよう。

……仮に髪の毛を伸ばしていたら、成長した姿を知らなかったら、王子と呼ばれて出てきたこの場でも少女に違いないと考えていただろう。

顔は常識外れに整ってはいるが逆に言えば——男らしさのカケラもない。それがこのアルベールという王子であった。

せめて態度が堂々としてりゃ話は別だったろうが、仮にも婚約者と会うってのに椅子の陰に隠れるってんじゃ救いもねえ。

「わ……なんてお美しい方……！　この方が、イルタニア神のお選びになった方なのですね……！」

そのアルベールは俺の姿を一目見ると、目を丸くして驚きの表情を浮かべる。

見た目を褒められるのは悪い気はしねえが……

「まあ、お上手ですわね。よろしくお願いします、アルベール様」

思い切りの営業スマイルで微笑んでみせると、アルベールは体を押し込めるようにして縮こまってしまった。

やはり、男の態度としちゃナヨすぎる。

筋骨隆々の男とそういう関係になるのもごめんだが、これはこれで勘弁してほしいもんだ。

「ははは、照れておるな。……どうだ、上手くやっていけそうか？」

「そ、それは……！　はい……ですが、神の選ばれた方にぼくが見合う事が出来るか、不安です……」

……もしかすると、この国の一番の失敗はこの王子でよしとしたヨーゼフ王の判断なのかもしれない。

いくら頭が良くても、国を引っ張っていくには――誰かの上に立つには、別の何かが必要になってくるのだろう。

たとえ神が選んだとしても俺はこの王子を相手には選ばない。その為の算段も今から立てちゃいるが――このままこの国を出るっていうのも不安になってきた。

……この国への未練ってヤツは前世で既に断ち切ったつもりだが、それでも一応故郷は故郷だ。滅ぶその瞬間を二度も見るのは後味が悪い。

『ミレーヌ』が俺である以上前世で起きた事がそのまま起きたりはしないはずだが、結局コレが王子ってんじゃ先行きが不安な事に変わりはない。

「まだお互いの事は何も分からぬだろう。茶会などして親睦を深めてみるのは如何(いかが)かね。場所は用意させておる」

地盤固めのついで程度ではあるが、ちっとばかし喝を入れてみるのもいいかもしれねえ。

あまりにも頼りない王子にそんな事を思っていると、ヨーゼフ王が茶会の提案をしてくる。

「ふ、二人きりですか？　そ、そのう、ぼくは……」

突然の提案に慌てふためきながら、横目で俺に視線を送るアルベール。

……ああ、ちょうどいい機会かもしれない。

ついで程度の感覚じゃあるが、また滅ぶであろう国を見殺しにするってのも寝覚めが悪い話だ。

これを機会に根性を叩き直してやるとしよう。

「ええ、とてもよい提案だと思いますわ」

心中の苛立ちをおくびにも出さず、俺は笑顔で頷いた。

◆

「どうぞ、こちらです」

謁見の間を後にし、近衛兵に連れられてやってきたのは、談話室だという部屋だった。

一通り見回してみると、調度品の一つ一つが高価そうだ。落ち着いて話をするって雰囲気じゃあないゴテゴテ感だが、王家の威光とやらを示す為には、客を呼ぶこういう場所こそ華美でなくてはならないのだろうか。

部屋に通されると、一人を残して護衛達が談話室を出ていき、俺と王子、それに近衛兵を加えた三人になる。

……平和ボケし過ぎだろう。自国民かつ信仰の対象とはいえ、大きな魔力を持つという

『スルベリアの髪』を前に、王位継承権を持つ唯一の王子を守る護衛が一人では不味いと思わないのだろうか。

この国にとっては『スルベリアの髪』は神聖な存在だというが——盲信がすぎる。国を滅ぼすわけだ。

「まったく、遣る瀬無いですわね……っと」

腰を投げ出すように大きな椅子へとかけると、多分に空気を含んだクッションが柔らかく腰を受け止める。流石にいい椅子使ってらぁ。鼻を鳴らすと、王子がびくりと肩を震わせ、護衛の男が顔を顰めた。

「あら、失礼いたしました。王子様を立たせてお先に座ってしまうなんて、お行儀がよろしくありませんわね」

「あ、い、いえ！　ぼ、ぼくがどんくさいせいでお気を遣わせてしまって、申し訳ありません……！」

若干の嫌味を混ぜて挑発するように、王子を焚き付けてみる。が、王子に苛立った様子はなく、縮こまりながら急いで腰を下ろす。

……おいおい、仮にも王子がここまで舐められて何も言えないのかよ。本気で心配になってきたぜ。

護衛の男は露骨に不快感を顕わにしているが——アルベールがこんな態度だ、主より先に声を荒らげるわけにもいかないのだろうな。

「そんなに自分を卑下なさらないで。アルベール様は、このイルタニア国の王子なのでしょう？　でしたらどっしりと構え、非礼はしっかり咎めませんと」

「あうう、はい、その通りです……」

……ダメだ、こりゃ。

前の歴史の今日に一体どんなやり取りがあったのか、目に浮かぶようだった。

『スルベリアの髪』の持ち主がグイグイ迫れば、いや、そうまでしなくても勝手に落ちた事だろう。

……どうしたもんかね、どこからだ？

「ねえアルベール様。私、アルベール様にお会いしたらぜひ聞きたい事がありましたの。一つお伺いしてもよろしいでしょうか？」

「はっ、はい！　何でもお聞きください！」

我ながら甲斐甲斐しい事だとは思うが、仮にも故郷だ。

このままじゃミレーヌが余計な事をしなくてもこの国は滅ぶだろう。平和な世の中なら問題はないんだが、隣国があのコルオーンってんじゃ最悪が過ぎる。多分だがあの女帝は、ミレーヌが相手じゃなくてもこういう奴はこういう奴で苛立ちを感じるタイプだ。

　やれる事はやっておかなきゃ目覚めが悪い。

「漠然とした事で申し訳ございませんが——アルベール様は、どの様な王様になりたいと考えていらっしゃるのですか？」

「えっ……？」

　まず問うたのは、アルベールという男がどういう王を目指しているか、だ。

　前世でのコイツは優しいだのとは聞いた事はあるが、やった事と言えばミレーヌの言いなりになるだけだった。

　だからこそ、コイツ自身がどういう人間かを、俺はまだ知らない。

　俺が知っているのは——何かを受け入れたような顔で粗悪な斧を肩口に食い込ませた、あの表情だけだ。

「……ぼくは、父さんの様な王様になりたいと、そう思っています」

　果たして——そう語るアルベールの眼は、中々見られたモノをしていた。

「それはどういう事でしょう」

「平和を築き、民に寄り添い、より良い未来へ進んでいくような——そんな王様です。まだその為に必要な知識を学んでいる途中ですが、何よりも民に好かれる王でありたいと、そう思っています」

どうやら、理想は立派らしい。今はまだ甘ちゃんの域を出ないが、その為の努力も積んでいる、というのは悪くない答えだ。

見れば護衛の表情も幾分か和らいでいる。……部下に慕われているっていう所は、少々見直してやってもいいか。

だが一つ、コイツに必要な――持っていなくてはならない意識がある。

「ご立派ですわね。……では、僭越ながら私の方から一つ助言をさせていただいてもよろしいでしょうか」

「ミレーヌさんから……？　はい、お願いします」

「では。――神を信じるなどという事はお辞めくださいませ」

「なっ……⁉」

それは、神なんてくだらねえモノを信じるのはやめて、最後はてめえの力でなんとかするという意識だ。

王子の口から驚愕の声が漏れる。

それも当たり前と言えば当たり前だ。言わば神の遣いのような存在から、国教を否定されるような事を言われたのだから。

「どういう事ですか……⁉　だってミレーヌさんは『スルベリアの髪』で……神の寵児(ちょうじ)とさえ言われる方なのに！」

「申した通りですわ。本当に大事な時、神は人をお救いになどなりません。『ミレーヌ(わたし)』は、身をもってそれを知っておりますの」

胸に手を当て、口角を歪(ゆが)める。しかし、眼はどこまでも冷たく。

怒り、いいや失望を顔に滲(にじ)ませて立ち上がるアルベールだが、傭兵(ようへい)として生きた頃の殺気を混ぜた瞳に、アルベールは息を呑(の)んで腰を抜かすように再び椅子に沈む。

そう、俺は知っている。神の寵児だなんだと言われても、神はその寵児を救わなかったという〝事実〟を。

尤(もっと)も『ミレーヌ』が神を信じていたかはわからない。自分の威光を飾るアクセサリー程度にでも思っていたのかもしれないが、ともかく神は、自分を信じるイルタニア国の国民さえも救う事はなかった。

その事は、まだ起きていない出来事だ。ミレーヌが居なければ、イルタニアの滅亡もあの日起きる事はないのだろう。

だが弱いこの王子を長とするのでは、その日は遠くない。弱い国とは、つまるところ食い物だ。今はコルオーンとの平和が続いていても、あの女帝が隣にいるとあっては次の日さえわからない。

「だからこそ——貴方は強くならねばなりません。この国を率いていくには、今の貴方は弱すぎる」

「そんな、ボクは……」

殺気を受けて、アルベールの瞳に涙が浮かぶ。

鋭く睨みつける瞳が恐ろしいというだけではないだろう。信ずる神を、その神が愛すると言われている者に否定された混乱まじりといったところだ。

だがまさにその場を見てきた言葉は、瞳が映す地獄は、僅かなりとその心に届いたらしい。

……まあ、ちっぽけなプライドで否定されるよかは悪い反応じゃあねえ。

「まずは神を信じる事などやめて、自分の体や精神を磨いてみては如何でしょう？　神を信じるのは、成長することで目線を高くしてからでも問題はないのではありませんか？」

「あう……あ……」

お嬢様の体面をギリギリ保った、しかし傭兵としての強い言葉を投げつけると、アルベールは陸の魚が水を求めるように口を動かすだけになってしまった。

だがただ怯えているだけというわけでもなさそうだ。考えがゴチャゴチャしてまとまらないって所だろう。であれば、取り敢えず見込みはある。

まあ俺も今日明日でなんとかなるモンだとも思ってねえ。不本意ながらこれから会う機会は増えていくのだろうし、国の事を考えてるってのはフカしているだけでもないようだ。根性の方だけゆっくり叩き直していけば、使い物にはなるだろう。

初対面の印象としちゃいいとは言えないのは向こうもだろうが、元よりついでだ。積極的に関わるつもりはないので好かれようが嫌われようがどうでもいい。

……さて、この後はどうするのだろうか？　一応相手は王子なんだし、話はここまでと此方から立つのも不味いだろうか。

「どうかご一考をお願いいたします。まあ女の私にこうまで言われてうめいているだけの貴方にそれが出来るかはわかりませんけれど――」

煮え切らない態度のアルベールに、知らず苛立ちを感じていたのだろうか。ついもう一言加えようとすると――俺の言葉を遮るように、隣に控えていた近衛兵が溜め込んだ怒りを爆発させた。

「無礼だぞミレーヌ様！　先程から聞いていれば……！」

その額には青筋が走り、衣服の下の筋肉が隆起するのがわかる。

主への無礼に怒りが抑えきれなくなったというわけだ。

「あら、これは失礼いたしました」

「いくら神の寵児といえ、我が主に対する無礼の数々は見過ごせぬ！」

端整な顔立ちを真っ赤にして怒る騎士の顔は中々見ものだった。

しかしそれよりも気になったのはその騎士の体つきだ。

王国の近衛兵という立場だ、魔術の方も相当使うのだろうが、それだけに頼らず良く体を鍛えている。戦いに対して真摯である証拠だ。

こんな情けない王子でも、有能な部下から心底慕われている事に少し驚いた。

前世で聞いた人柄がいいっていう評判も、なんの根拠もなしに広まっていたわけではなさそうだ。

「見過ごせぬ、ですか。では如何なさいますか？　手討ちにでもなさいますか？」

挑発的に、目を細めてみせる。

「ポール！　君こそ無礼だよ！　この方は……！」

「アルベール様……！　しかし……っ」

手討ち。今の俺が平民なら平気で片付けようとしたのだろうが、それは出来ないだろう。

何故ならば、俺が『神の寵児』だからだ。

激昂して出てきたはいいものの、その後がお粗末だな。

だが、嫌いじゃあねえ。

お姿さえお見せにならないカミサマなんざ、信じる必要はないんだ。

ただの公爵家令嬢が王子である主に働いた無礼を咎める事の何が無礼というのか。

主語をでかくするならば、この近衛兵がやったのは神よりも主を優先したという事だ。

そういう人間こそ、盲信的になったこの国に必要な人間だと思う。

「いいえアルベール様、これでいいのですよ。『ただの公爵家令嬢が王子に働いた無礼を咎めた』。この方がしたのはそれだけの事なのですから」

「ミレーヌ、さん？」

表情を消し、傭兵の目付きで近衛兵を睨みつける。

僅かに混じらせた殺気に気づいたのだろう、近衛兵の目付きが変わる。

驚愕、そして小さな、自分でも気づいていないであろう恐怖が浮かんだのが分かる。

今も昔も、便利なもんだ。侮られるっていうのはよ。

羊の皮をかぶったなんとやら、だ。そうして俺は今まで敵を食ってきた。

それに薄らとでも気づくとは――この国にもマトモな奴はいるもんだ。少々、機嫌が良くなった。

「得体のしれない、姿さえ見せない神のご機嫌を窺う必要などありませんのよ。この地上で生きるのは私達なのですから。これから先、この国に必要になっていくのはこういう方なのです。よくご覧くださいませ」

一転して近衛兵を持ち上げてみると、二人共あっけにとられたようだった。

俺の方から険悪な雰囲気を収めた形になったからだろう、憤りを感じさせつつも近衛兵はこれ以上何を言うべきかと、言葉に詰まった様子が見える。

「自分には勿体ないお言葉ですな。しかし、それで話が主への非礼を詫びた事には――」

「なりませんでしょうね。元より詫びるつもりもございませんし」

主への謝罪を以て手打ちとしようと発言する近衛兵の言葉を遮り、俺は挑発を重ねる。いい機会だ。神ってものが如何ほどろくでもない奴か、この機会に叩き込んでやる。

「……ミレーヌ様。女子供だからといって手は出されまいと暴言を放つのは、品がありませんぞ？」

「あら、お気遣いいただかなくてもよろしいのですよ。私体を鍛えていまして、そこらの男児には引けを取らないと思っておりますの」

口元を隠しながら、穏やかに笑ってみせる。

そこらの男児、というのが自分だけではなくアルベールをも指していると気づいたのだろう、近衛兵の顔には青筋が浮かんでいる。

「は、はは……そうですか。ですが生兵法は大怪我の元とも言います。あまり過信されるのは危険ですぞ？」

近衛兵の男は表面上笑みを浮かべて、声も穏やかにするよう努めているようだが、怒りは隠しきれていない。

ガキが何を言っていやがるといった所だろうか？　……これはもうひと押しだな。

「そうですね……でしたら、もしよろしければ私に稽古を付けてはくださいませんか？　アルベール王子直属の近衛兵の方に、是非お手合わせをお願いしたいのですが」

喧嘩がしたいなら買ってやると、言外に提案する。

稽古を付けろという唐突な提案。その場にいる誰もが凍りついたように固まった。

だが意味するところは理解出来たのだろう、アルベールが立ち上がる。

「き、危険です！　貴女は女性で……！　そ、それにこのポールは国でも有数の剣士なんですよ⁉」

頭の回転は遅いわけでもなさそうだ。が、腕っぷし自慢ならなおさら、女にここまでバカにされて黙っている男ってのが、普通はいない事をこの王子様は分かってない。

「……良いではありませんか、アルベール様。ミレーヌ様たってのご希望なのです。私も、悪いようにはいたしませんよ」

ポールと名を呼ばれた近衛兵は、冷たく温度を下げながらも獰猛な笑みを宿して、表面上柔和に笑う。

あちらにとっては渡りに船だ。乗っかってくると思ったぜ。

ようやく少しだけ面白くなってきやがった。体の方は鍛えてるし、前世の技術も徐々になじませてきた。ここらで一つ腕試しと行きたかった所だ。

「では、少し中庭をお借りしてもよろしいでしょうか？」

「ああ……な、なんて事に……！」

慌てふためく王子はもはや蚊帳の外。

俺はポールの目を見て、再び笑みを浮かべた。

◆

「こんなに観客が増えてしまうなんて思いませんでしたわね」

『稽古』の為の開けた場所を求め、俺達は中庭へとやってきていた。

移動が済んで、訓練用の木剣を用意させる頃にはどこで話が広まったやら、城の中の暇な連中が出てきて居て、俺達を取り囲むようにして見物を決め込んでいる。

殆どの視線は興味によるものだが、俺への敵意も少なくはない。それはそうだ。自分達の仕える王子をボロクソに言ったのだから、そうでなくては困る。

まあそればかりでもなく、兵士のいくらかはポールがやりすぎないようにと監視する意味合いも兼ねているのだろう。

最も気がかりだったのは王の存在だが、バルザクや王はこの場にはいない様だ。興味がないのか、話をどこかで止めているのか。その方がやりやすいので助かるが。

「では、一つご指南仕りましょう。本当に防具はよろしいのでしょうか。……お怪我をなされても、構わないと？」

「よろしくてよ。私の小さい体に合う防具というのも、ございません事ですし――怪我をする気も、ございませんので」

木剣の感触を確かめていると、機嫌の良さそうなポールが語りかけてくる。

防具を奨めるのは、一応は稽古という体裁を保つ為だろう。いくら木剣とはいえ、力を込めて殴りゃ人は殺せる。王子へ無礼を働いた慮外者が相手とはいえ、『スルベリアの髪』の持ち主に何かあっては困るといった所だろうか。

だが怪我をするぞと忠告するという事は、怪我をさせるつもりがあるという事だろう。やる気は十分ってわけだ。

「ポール、やめてください！　ミレーヌさんに何かあったら、決して償い切れる事ではありませんよ⁉」

流石にこればかりはあの王子も声を荒らげて止めに入る。

「何を仰います。これはミレーヌ様たってのご希望なのですよ。最大限お応えするのが『スルベリアの髪』への敬意となるのではございませんか。ミレーヌ様は『神の寵児』にあらせられます。ご自分からお求めになった稽古で何かあったとて、細かい事を仰るような器の小さい方でもありますまい」

まあ、仮にも王子直属の兵士だ。そりゃあ自信はあるのだろうな。

なんだかんだでアルベールがすごすごと引き下がるのも、ポールという兵士への信頼があるからだろう。ここで俺は王子だぞと一喝出来りゃ、俺も器を見誤っていたと謝罪の一つくらいは口にして丸く収めてやるのだが。

しかし——つくづくこの国は、いやこの国に限った話じゃあねえか。自信に凝り固まった『上』の奴らってのはどうにも隙が多い。

「では、構えられよ。事前の取り決め通り、これは剣の稽古。攻撃魔術の使用は禁止という事でよろしかったですかな」

「ええ、その様に考えていますわ」

「よろしい。では……誰か、開始の合図を！」

ポールの言葉で、俺はぶっきらぼうに剣を構えた。およそこの国の『剣術』とはかけ離れた我流の――『傭兵エンヴィル』の構えに周囲から失笑が漏れる。

どうも我儘放題の小娘だった『スルベリアの髪』が鍛錬を始めた、というのは貴族だとか王族だとかの間でウワサになっているらしい。奴らの失笑はそれに伴うものだ。『腕自慢だというウワサが流れ始めているが、我儘娘の気まぐれの一つだったのだろう。噂も本人が流しているに違いない』。集う視線がそう語っている。

「おやおや……あれが『スルベリアの髪』の持ち主の魔力だというのですか?」

「『神の寵児』があの程度だとは。そこらの下級兵にも劣る力ではないですか」

だがそれは構えだけが問題ではない。何よりも奴らは俺の貧弱な魔力を見て笑っているのだ。自信がある奴ほど、相手の魔力ってモンを見て実力を判断する。

俺は今、極限まで魔力を抑えている状態だ。

たかがそれだけで、騎士だの兵士だのという連中はコロッと騙される。

お嬢様の仮面の下に隠した本性を垣間見る事が出来た、このポールという近衛兵でさえ。

「始め!」

合図を任された兵士が、掲げた手を思い切り振り下ろす。

すると――ポールは打ち込んで来てみろと言わんばかりに胸を叩く。

エリートって奴らはこういう所がダメなんだ。

「紳士ですのね。では、遠慮なく行っても？」

「どうぞご遠慮無く。アルベール様に仕える為に磨いたこの腕は伊達(だて)ではありませぬ」

前世で会っても問題のねえ奴だ。が、まあこの場合は仕方がないのかも知れない。

相手はなにせ『神の寵児』だ。赤っ恥でもかかせて帰らせてやろうとでも思っているのだろう。だがよく言う話にこういうのがある。

相手を見た目で判断するな、と。

体を屈(かが)めるように前傾姿勢になり、木剣を垂らすように構える。

そして、地面スレスレを這(は)うように、しかし二足で俺は駆け出した。

「……!?」

その踏み込みの速度に驚いたのだろうか、ポールが驚愕(きょうがく)の表情を浮かべる。

特に名前は付けてねえが、前世では『獣』と言われていた踏み込みの技術だ。

出来るだけ姿勢を低くし、地を滑るように動く歩法。その異質な動きと足元に絡(から)みつくような体勢の低さはまるで獣を相手にしているよう――だったか。

人間ってのはどうも足元に対する攻撃に弱い。小動物なら蹴り飛ばして終わりだが、その動きをするのは刃という牙を持ってモノを考える人間だ。

　ま、今回の武器は木剣だが。

「うおおっ⁉」

　足元に肉薄した俺に向け、ポールが武器を振るう。型もなにもない無様な軌道だ。結局の所剣術ってヤツは人間を相手にする事を想定して編み出されたもの、地を駆ける獣を相手にするようには出来ていない。

　飽くまでも俺のそれは猿真似だが、その効果は絶大だ。まして十四歳の小柄なガキの体、小さな的が高速で動くというだけでもそれなりに撹乱の意味はある。

　頭上から振り下ろされる剣を流すように肩口に剣を構え、角度を付けて受ける事で滑らせる。『獣』で一番使う防御の技法だ。

　そうして、思い切り振り下ろされた剣を受け流して、俺はそのまま足を思い切りぶっ叩く。

「ガァッ……！」

　本物の剣ならこれで右足切断。要するにほぼ戦闘不能である。が、俺はそのまま背後へと回り込み、膝を突くポールの首筋に剣を突きつけた。

「勝負あり、でよろしいでしょうか？　近衛兵さん」

　敢えて厭味ったらしく聞いてやる。

声に反応して、ようやくその顔が振り返った。茫然自失という顔をしている。

……そりゃあそうだろう。俺は魔力を抑えて対峙する事でポールを油断させ——そのまま、魔力を抑えたまま勝ってみせた。

正直言って、ポールが本気を出してりゃもう少しマトモな結果になっただろう。だが、そうはならなかった。

「油断なされましたわね？　これが王子を狙う刺客との実戦でしたら、貴方はどういう気持ちで私に挑んできたのか、少し興味がありますけれども——」

油断。それが奴の最大の敗因である。普通の子供ほどの魔力しか持たない、少し鍛えただけの子供に敗けた。その意味は大きい。

「その場合、王子はきっとお亡くなりになっていたでしょうね。これは助言ですが、相手を見た目で判断するのは、やめたほうがよろしいのではございませんか？」

俺の言葉に、ポールが凍りつく。そう——これが実戦だったら。これがこの国の終わりだった。王子の傍につく近衛兵が敗けるという事は、そういう事だ。

相手の魔力が低いから、ろくな教育を受けていない平民だから——奴らはそう油断して、死んでいった。

この世界じゃ魔力というヤツが随分と信頼されているが、人は斬られりゃ死んじまう。

火を放ったり、光の矢を放ったりはそりゃあ脅威になるのだろうが、なんの魔力も持っていない剣でも腹に突き刺されればそれで終わりだ。

魔力によって築き上げられてきた栄光のイメージを振り払う事が出来ない。結局の所この国はそういう所が『弱い』のだ。

最後に生き残るのは、結局の所強かな奴だ。その点じゃ隣国の皇女なんかは、そりゃあもう強かな奴だったぜ。死にかけの国を大軍率いて滅ぼしに来るんだからよ。

「ポ……ポール隊長が……」

「あんな魔力も感じない、小柄な少女に敗けた……⁉」

見学に来ていた兵士達がざわめく。

こんな調子でも、このポールという男の実力はそれなりらしい。

その実力を発揮しきれていれば、せめて打ち合うくらいは出来ただろうにな。

茫然自失とするポールを捨て置いて、アルベールの下へと向かう。

瀟洒な一礼をして――

「見たろ。弱くちゃ何も守れねえ、弱くちゃ生きてさえいられねえ。生きてなけりゃ、自分を貫く事も出来やしねえ。結局の所、大事な何かを守るには強くなるしかねえんだよ」

「えっ⁉　あ、え……っ⁉」

王子にしか聞こえない小さな声で、ハッキリとそう告げた。

急変した口調にか、告げられた言葉にか——落雷に打たれた様に、王子の目が驚愕に見開かれる。

「少し、お話出来ますかしら？　出来れば、今度こそ二人で——」

仮面を被った俺の微笑みは、さぞ清楚な少女のものに映っただろう。

その直前の本性さえ見ていなければだが。

◆

中庭から二人だけで話が出来る場所へという事で、俺達はアルベールの私室に場所を移していた。

流石に王子の私室とあっては、ちょっとやそっとじゃ誰も足を踏み入れられない、聞き耳を立てられないだろうという俺の判断だ。

監視の目が無くなったこともあり、俺は最早自分を取り繕う事もやめて、足を組んで座っている。

目の前には先程よりも更に畏縮したアルベール。やはり『お嬢様のフリ』なんぞまだるっこしい。そんなつもりも毛頭ないのだが、仮にも婚約しようって二人が腹を隠したままじゃなんにもならないだろう。

ぶっきらぼうに視線を寄越すと、アルベールは足を揃えて縮こまる。

「ぶっちゃけたハナシを聞きたいんだけどよ」

「は、はひっ！」

身を乗り出すようにすると、体がガチガチになったアルベールが背筋を張り、更に硬直する。

流石に態度の方をぶっちゃけすぎたかとも思うが、これもいい刺激かも知れない。

「お前、今日まで顔も知らねえ、こんなガサツな女とくっつけられるって言われて満足してるのか？　俺だったら絶対にゴメンだと思うんだがよ」

今日一日、この王子を見て気になったのはやはり我の弱さだった。

仮のハナシだが、今この俺とこのアルベールが婚約を結んだとしよう。そうなった場合に待っているのは、間違いなく前世と同じ構図——好き放題の俺と言いなりのコイツ、という関係性だ。

そしてそれは、相手を替えても変わらない。

何も『ミレーヌ』みたいな女ばかりが皇妃の座を狙っているんじゃあないんだろうが、勝手ながら貴族なんてものはどいつもこいつも似たようなもんだと思っている。

要するに、今の段階じゃコイツがどうなっても国の未来は暗いという事だ。

一般家庭のハナシなら女が手綱を握るのは——前世の友人を考える限り——いい話だとも思うんだが、国を動かすってんじゃマトモじゃないのが実権を握った時点で終わりだ。

「あ、あの……ぼくはその、ミレーヌさんの様な方でしたら……」

が、肝心のコイツがこうである。

何をどうしたら『俺』の様な女が良いって考えに至るというのだ。

「こうまで言われてるのにか？　冗談じゃねえぜ。父親みたいになりてえってんなら、こんな女に好き勝手言わせてるんじゃねえよ」

弱々しいとかそれ以前に、マゾなんじゃないだろうなと思うと、頭痛がやってくる。

趣味嗜好は好き勝手にすればいいが、被虐趣味に国を巻き込まれるのはゴメンだ。

「確かに父の様な王様には憧れますけれど、それよりも——」

目線を逸らして片側の口角を上げていると、珍しく自分の意見を口にしようとしているのに気がついて、不機嫌な表情のまま視線を戻す。

少女と見紛う様な少年が、もじもじと身を震わせているのは、妙に絵になっていて逆に気味が悪く感じてしまう。

たっぷりと言い淀んだ後、アルベールは顔を上げた。

「そ、その……今はミレーヌさんの様に格好良くなりたいなと思っていますっ！」

「あァ……？」

そうして飛び出したのは、予想だにしないような言葉だった。

「小さく華奢で、美しいお姿から繰り出される、信じられないほど力強い剣技とかっ！ 年の離れた兄がいたらこんな感じかなと思う凛とした立ち居振る舞いとかっ！ ミレーヌさんの──いえ、ミレーヌ様のお姿は、ぼくが理想とする姿そのものなんですっ！」

その剣幕は凄まじく、輝いた瞳がその言葉が真実であると語っている。

「美しく、強く、気高い……！　貴女はイルタニア神に仕える戦乙女の様なお方ですっ！」

「お、おォ……そういう言い方もあんのか……？」

「はいっ！　是非、貴女のようになりたいです！」

あまりの勢いに、流石にたじろいだ。

女っぽいツラだとは思っていたが、嗜好の方もそっちよりなのかも知れない。そういう好みもあるとは聞いた事があるが……この顔でやられると、こいつ実は女なんじゃないだろうかという疑問が湧いてくる。

言ってみりゃ、男っぽい女が理想って訳だ。否定はしないが、中々未来を生きている奴だと思う。尤も、俺の最期までそんな嗜好がスタンダードになる時代は訪れなかったが。

とはいえ、力強いのが好みで、そうなりたいってのは悪い考えじゃあねえ。今日聞いた言葉の中じゃ、一番響いた気がした。

「ほう……つまり、お前は男らしくなりたいって言ってんのか？」

「へあっ、はい……そうです……！　よ、よろしければご指導ご鞭撻の程をお願いしたく……思います、はい……」

言いたい事を言って威勢が尽きたのか、アルベールは再び縮こまりながらも、意志は曲げずにそう返した。

「ククッ、一応は女の俺に、男らしくなれる指導かよ？」

「あっ……！　も、申し訳ありません……」

若干の皮肉を混ぜて、言う。

するとわかりやすいほどに狼狽したアルベールは鳥が羽ばたくように腕を振るい始めた。

「くっ……ははは……！　中々面白い事言うじゃねえか、王子様よ」

その様子が可笑しくて、思わず笑いが漏れる。

だが悪くない。

「いいぜ、男らしくなりてえってんなら、俺が鍛えてやる」

「本当ですか……!?」

アルベールの食いつき様は、やはり見ていて可笑しかった。

思えば、傭兵をやってた頃も何人かは『弟子入り』を志願してきたなと思う。まあ男らしくなりたいという目的はこれが初めてで、新鮮だったが。

「だが一つ条件がある。それを呑めねえって言うならこの話はナシだ」

ただし、その為にはまず前提というモノがある。

椅子の上で膝を立て、腕を乗せる。そうして立てた指が、一本。

アルベールが大げさなまでに喉を鳴らす。緊張が見て取れるな。だが大した事を言うつもりじゃあないんだ。

「神なんて信じるのはやめちまえ。俺の生き方ってのはな、目の前に立ちふさがるモノは、目につくモンを全部利用して、自分の手でぶっ壊してやるってやり方なんだよ。神を『利用する』ならしても良い」

神を信じるのをやめる。たったのこれだけだ。

縋るモノがあるのは悪い事じゃない。倒れそうになった時に突く杖があるのはいい。だがそれを盲信して足元を見ねえってのはバカがする事だ。

「それは……」

「出来ねえってのか？」

睨みつけるように語りかけると、アルベールの顔が曇る。

だが、僅かな逡巡の後、上げられた顔はなにか一つ決意を宿したものだった。

「正直、難しいと思います。ぼくはこの国の王子で、ずっとイルタニア神への信仰を教えられて生きてきましたから」

結局ダメだったか——とは、思わなかった。

でも、と言葉を継ぐ。

「ですが、先程の貴女の戦いを見て目が醒めました。イルタニア神からの授かりものである強大な魔力で攻撃魔術を放てば、ポールを倒すのも容易かった事でしょう。しかし貴女は、僅かばかりの魔力と鍛え上げた技術のみで、王国の騎士でも特に優れたポールを倒してみせた。意図していたかはわかりませんが、貴女はそうする事で、ぼくに神など居なくても自分の力で世界を切り拓いて行けるという事を示したのです」

実際、アルベールの言う通り。特になにか考えがあって魔力を使わなかったわけではない。

それが一番やりやすいからこそ、そうしただけだ。

だがアルベールはあの一戦に違うものを見ていたらしい。

「ぼくにとって先程のミレーヌ様の戦いは、神の否定でした。『スルベリアの髪』を持つ貴女がそうする事には、何かしらの意味や凄絶な体験があるのでしょう。ですから、貴女が神を信じるなと言うのならば、ぼくはそうします。その代わりに――」

「その代わりに？」

アルベールが言葉を切り、瞑目する。

何か色々と考えているのだろう、その目蓋と口は重い。

だが意を決したように眼を開くと、アルベールは力強く宣言した。

「――ミレーヌ様を信じます！」

神の否定。あんなちんけな戦いで、そんな大仰な事をのたまうつもりは毛頭ない。

しかし事実、俺は最期の最期がやってきても、神は『寵児』さえ救わない事を身をもって知っている。

……ふと見れば、アルベールは中々悪くない目をしていた。

勝手な事ばかり言っちゃいるが、確かに何かを掴んだようだ。

「一端の口を利くじゃねえか。いいぜ、俺がてめえを鍛えてやるよ」

「はっ、はい！　ありがとうございます、ミレーヌ様！」

きつく結んでいた口を緩めて笑ってみせると、アルベールは少女の様な顔を綻ばせる。

輝く瞳というのはこういうのを言うんだろうか。傭兵の界隈じゃ見た事がない、ただただ純粋な瞳が自分に向けられているのは、そこそこに新鮮な感覚だった。

とは言え妙な事になっちまった。

前世じゃ弟子なんぞ面倒くさいモンは取った事がなかったが、弟子っていうほどの存在ではないとはいえ、初めてモノを教えるのが王子様になるとは。

人生わからないもんだ。いや、それを言うのならばあのクソッタレになっている現状こそがという話だが。

――しかしだ。

ふと、アルベールが俺へと向ける視線を正面から見る。

その視線の色は一言でいって『憧れ』だ。薄汚れたガキがピカピカの楽器を見るような――手に届かない存在を夢見る時のそれ。

いいや、それも少々違う。これはもしかして――信仰の対象が替わっただけ……なんじゃないだろうな？

今日会ったばかりの女にこうまで入れ込むんじゃ、結局問題が変わっていない気がするが――

「えへへ、これからお願いします、ミレーヌ様！」

そうやって笑うアルベールの顔は、やはり女の子にしか見えないような可憐なものだった。

……急ぐものでもねえ、ゆっくりと根性の方を叩き直して行くとしよう。

となると俺がこの城に通う事になるのだろうか？　面倒くさいったらありゃしねえが、あの親父は喜ぶんだろうな。

露骨にため息を吐き出して、アルベールを睨む。

その幸せそうな表情は、なんとも先行きへの不安を感じさせるものだった。

第三話　因縁

第一回の登城も終わり、暫く。俺は再び鍛錬の日々を送っていた。

相変わらず筋肉の方は健康的といえる程度にしかつかねえが、魔力とやらの方はメキメキと伸びてきている。

同じ事の繰り返しの毎日には少々腐ってしまいそうだが、それでも最近ペトゥレの庭には変化があった。

前には俺が庭で訓練をしていると手の空いている侍女がこぞって見に来たのだが、今は俺がわざわざ人払いをしているのでその姿はない。

それが何故かといえば――

「ンだそのへっぴり腰は！　腰と気合を入れろ阿呆！」

「はっ……はいぃ……！」

王子がこのペトゥレ家の庭にやってきているからだ。

少女と見紛う様な少年が、俺の叱責に力なくも威勢よく、肯定を返す。

そう、彼こそこの国唯一の王位継承権を持つ王子、アルベールである。

初めは俺が城へと出向こうと思っていたのだが、何を考えたのかある日突然アルベールがペトゥレの家にやってきたのだ。仮にも王族、しかも王子が自分の下に呼ぶのではなく、自分が出向くというのは色々と問題がありそうだが、そこは『王子の言葉』で押し通したらしい。

女に会う為に特権を使うというのもなんともな話だが、そういう強かさを身につけたのは喜ぶべき所だろうか。

人払いをしているのは、まさか一般の国民が見ている中で王子のケツを叩くわけにもいかないからだ。

「はぁっ……はぁっ……！」

とはいえ最近じゃこいつにも根性がついてきて、その機会は減ってきているわけだが。

言われた通りに構えを修正し、木剣を振るうアルベール。

息の切れようを見ると立っているのも辛そうだが、構えが乱れれば俺からの叱責が飛ぶので必死だ。

「……よし、もうやめていいぞ。休憩しろ」

「はひぃ……っ」

休憩の許可を出すとともにアルベールは仰向けに倒れ込み、芝生の地面に抱かれた。

たかが木の棒を振っていただけで大層な疲れ様だ。半死半生——というより三分の二くらいは死んでいる気がする。

だが、ここに来たばかりの頃に比べりゃこれでもそうとうやるようになったのだ。

「ど、どうでしたか……？　ミレーヌ様……」

正直、まだ評価するという領域にさえたどり着いてはいない。

戦場になんぞ立てるわけはないし、何だったらその辺で剣術を習ってるガキの方が余程強いだろう。

が、意外も意外。必死に食らいつこうとする根性は悪くねえ。

「まあまあだ。剣術はまだ使いモノにはならねえが、体の方はマシになってきた」

「えへへ……ありがとうございます……」

とはいえ、コイツも体つきの方はあまり変わっていないのだが。

……実は女でした、とかないだろうな？　前世で見たアルベールは影武者で——なんて想像をするくらいには、見た目は『女の子』のままだ。

まあアルベールは傭兵の世界でやっていくわけでもなし、技術や身体、それに性根が出来上がれば問題はない。

とはいえ――問題は俺の方だ。魔力とやらが身についていくから力は上がっているが、見た目の方は殆(ほとん)ど変化がない。

二の腕を見れば贅肉(ぜいにく)は落ちてきているが、前世とは比べるべくもなく細い。

今度の人生でも傭兵(ようへい)をやろうと考えていたが、見た目でハクを付けるのは見切りを付けておいた方がいいかも知れない。

絡(から)まり始めた思考の糸玉を放り捨てるように剣を構え、思うがままに振るう。先のポールとの戦いは、実はあれで結構得るモノがあった。

低姿勢を主軸とする『獣』の剣技は、この小さい身体と相性がいい。より低く、より小さく。攻撃が当たる範囲が少ないというのは、回避を重点とした超接近戦を中心とする『獣』の構えにとって、リーチを天秤(てんびん)に掛けるだけの価値がある。

「それにしても、ミレーヌ様はすごいですね。剣術、いや戦いに対する思考が一線を画するというのでしょうか……それほど低姿勢で動く剣技を、ぼくは見た事がないです」

「言ったろうが、使えるモンは使えってよ。魔術を使う相手とどう戦うか――そんなのを考えてりゃ、自然と俺みたいな戦い方になってくる」

アルベールに普通の剣術を教える傍(かたわ)ら、自分は前世の技術を復習していると、アルベールが上体を起こすのが目に入って、動きを止める。

俺の剣技というのは、基本的に対魔法を想定した動きが主軸に組まれている。

基本的に魔法というのは直線か、あるいは放射状・円の範囲を描く事になる。身体が小さい、体勢が低いというのは、そういった遠距離攻撃に対して優位に働くのだ。

また、どうにも貴族やらがこだわりがちな対剣術も主眼の一つだ。剣術じゃ地を這う獣への対処は教えられないし、相手の動きを『型』にとって反応を最適化するのが目的である以上、教わっていない事には対処しづらい。

だからこそ前世の俺は『野蛮なる牙』だとか呼ばれていた。教わっていない事をするのは卑怯だと、そんな貴族の負け惜しみから付いた名だ。

「まあ色々学んで自分で応用を利かせていきゃ、俺とは違った何かが身につくさ。それはどの分野でも同じだろうが」

「なるほど……！　つまりは道を究める事で、新たに見えてくる道もあるという事ですね！」

「そんな大層なモンでもねえよ」

目を輝かせたアルベールに詰め寄られ、ぶっきらぼうに返す。

どうにも小恥ずかしい事を言ってくる奴だ。もうちょっと簡潔に物事を考えられないモンかね……と思うが。

鼻から息を押し出し、再び剣を握る。さて今度は魔力の使い方でも考えてみるか——と、思ったその時だった。

「ミレーヌ！　ミレーヌ大変だ！」

屋敷の方から、親父が慌てた様子で駆け寄ってくる。

息を切らしながら緩慢な動作でなんとか近づいてくるその滑稽な姿には、コイツの方が運動をした方がいいのではないかと思う。

だがこんな風に慌てるのには理由がありそうだ。

「どうしたんだ親父。何があった？」

親父殿に返事をすると、みるみるうちにバルザクの顔が青ざめていく。

「こ、こらミレーヌ……！　アルベール王子の御前だぞ……！」

「ぼくのことは気にしないでいいですよ。この方が格好いいじゃありませんか！」

「へ……？　え、ええ……アルベール王子がそう仰るのでしたら、よいのですが……」

俺の素の口調を咎める親父だが、アルベールもこの口調にはとうに慣れている。

むしろ熱を持った口調で返すと、バルザクは違う種類の困惑を浮かべた。

「……コホン！　そ、それよりも大変な事があったのだよ」

疲れを払うのと、気分を戻すのとで、バルザクが大きな咳払いをすると、威厳有りげに態度を繕った親父が、俺に何かを差し出してくる。

バルザクの手に握られていたのは、手紙だった。この男ならば手紙くらい従者に渡させるはずだが――訝しみながら封筒を裏返す。

……すると、そこに描かれていたのは黒い獅子の紋章。

「コルオーンからだと？」

俺の声に、座っていたアルベールが腰を上げる。

覗き込むアルベールをそのままに、乱暴に封を破くと、そこから現れたのは描かれた紋章の通りコルオーンから俺に宛てた手紙だった。

「……コルオーン騎士団の演習への招待状だと？　なんだってコルオーンが俺にこんなモン渡してきやがる」

書かれていたのは、要するに『スルベリアの髪』を持つミレーヌ＝ペトゥレ・ド・レーリエをコルオーンで行われる騎士団の演習に招待する、という事だった。

『神の寵児』として祀り上げるイルタニアに対し、国教を持たないコルオーンにとってはスルベリアの髪なんぞただの高い魔力の目印にしかならないはずだが――

思わず口にした疑問を、アルベールが拾う。

「ミレーヌ様、ご存じないのですか？　王城での一件が広まって以来、ミレーヌ様のお名前はこの国だけではなく近隣の諸国まで広がっているのですよ」

「あァ？　……ちっ、面倒くせえ事になってやがるな」

アルベールの言葉に、率直に感じた事を悪態として吐き出す。

やがては行方を眩ませて傭兵でもやろうかと考えている身空に、名前が轟いてるってんじゃ厄介だ。武名にウワサの独り歩きは傭兵としちゃ願ったりだが、家出した公爵家の令嬢には足枷に他ならない。

そんな厄介な事を広めやがったのは——

「……？　如何なされましたか、ミレーヌ様！」

横で眼を輝かせているこの坊っちゃんなんだろうな。

アルベールの頭を乱暴に掻き乱す。

「わ、わ！　おやめくださいミレーヌ様っ」

口じゃそう言いつつ、喜んでいやがるのがバレバレだ。言われたとおりにやめてやると、捨てられた犬のように落ち込むアルベール。

「しかし騎士団の演習ね……他国のたかが令嬢を呼ぶとは随分なハナシじゃねえか」

気を取り直して、手紙の方へと意識を向ける。

パーティとかならまだしも、騎士団の演習ときたもんだ。先の歴史の事を考えると、武威を示そうとでもしていやがるのかと思うが――

「そうですか？　コルオーンの皇女もお転婆と武名で有名ですからね。領地が近いミレーヌ様に興味を抱かれたのではないでしょうか」

「そういうモンかね」

……まあ、それならこの平和ボケの国から呼んだりもするというものか。

言う通り、手紙の末尾には前世でのコルオーン女帝の名が添えられていた。王位を継承する前だからか、署名はただの『コレット』だ。

コレット＝フォン・コルオーン。前世で故郷を滅ぼし、結果的に俺を殺した女の名前だ、忘れるわけもない。

あの事に関しちゃ大した恨みも抱いちゃいねえが、この世界で奴がどういう腹でいるかは興味がある。

「中々面白いじゃあねえか。親父よ、行くっつう返事を頼むぜ」

手紙をひらひらと動かし、親父に突きつける。

見て分かるほどに狼狽するのが面白い。

「あ、ああ……いいとも。だがミレーヌ、言葉遣いはくれぐれも頼むぞ……！」

「ぼくの方からもお願いします。ミレーヌ様は今の方が魅力的だとは思うのですが、お相手はコルオーン帝のご息女ですので」

一方で、アルベールは落ち着いているものだ。

顔を使い分けるのは見ているし、俺への信頼があるのだろう。

使えるモンはなんでも使う。そう教えているのは俺自身だ。違えるつもりもない。

「分かってらあ。……少しばかり思う所もございますので、仰る通りにいたしますわ」

俺も板に付いてきたものだ。自嘲が零れそうになるが、お嬢様っぽい笑顔で抑え込む。

露骨に胸をなでおろすバルザクと、目を輝かせるアルベールの態度が対照的だった。

数日後。俺は馬車に揺られて、領地に近い所にあるコルオーン帝国の、首都へとやってきていた。

実のところ、ここに来るのは初めてじゃない。傭兵として独り立ちしてからはこの国にも何度か訪れている。

軍事に優れる為か治安の維持機関も優秀で、それに伴って商業が発展し、全体的な活気につながっている――と、個人的には中々好みの街だ。

何よりメシが美味い。挽き肉の腸詰めなんかは最初に食った時、結構感動したもんだが。

招待にあずかったからにはメシには期待したいがな――と。

騎士団の演習の事などすっかり忘れかけた頃に、それは見えてきた。軍事大国コルオーンの威光を示すようにひたすら巨大な宮殿だ。

物々しい音を立てて門が開き、馬車が迎え入れられる。まるで怪物の口の中に迎え入れられるようだと思うのは前世の記憶があるからだろうか。

馬車――いいや、俺を迎え入れる為に並んだ兵たちの間を通り、宮殿の前で馬車が止まる。

弧を描くように延びる階段の上、宮殿の入り口には黒い長髪の少女が目を輝かせ、腕を組んで威風堂々と立っていた。

子供……という程の年齢でも無いかも知れないが、少女特有の無邪気さのようなものを振りまきつつも、鋭い眼光を放っている。俺は一目でぴんと来た。

「よくぞいらっしゃった、美しい髪を持つ貴人よ。この度は私の個人的な招待に応じてくれて、感謝している！」

個人的な招待、という言葉を考えれば間違いない。

この少女こそが『コレット』。この時点では兄弟姉妹(きょうだい)の誰が王位を継承するか決まっていない為、今の時点では『ただのコレット』。だが俺は知っている。

この少女こそ、やがて王位である『フォン＝コルオーン』の名を継ぐ——俺の仇だ。コルオーンの帝位は、兄妹姉妹の中で最も優れた者に代々引き継がれていくものだ。この歳でそういった世界に身をおいている少女の瞳は、爛漫さを宿しながらも鷹——いいや、獅子のように鋭かった。

ウワサじゃあ、妹や兄がいるらしいが、そいつらもこんな眼をしているのだろうか？

……流石は未来のコルオーンの女帝だと感心したが俺も前回とは違う。従者に手を引かれ、淑やかに気取って階段を上る。

「はじめまして、お招きに与り大変光栄ですわ。ミレーヌ＝ペトゥレ・ド・レーリエです。以後お見知りおきを……」

ドレスの裾を摘まんで、うやうやしく頭を下げた。

——使えるモンは何でも使う。自分の生き方を示すように、しかし瞳の奥の戦意だけは激しく燃やし、名を告げた。

「あれが『スルベリアの髪』か」

「噂を聞く限りではどんな女傑かと思ったが、なんと可憐な……」

傍で控えていた貴族の男が、熱に浮かされた様に言う。まあツラだけは良いからな、中身を知らなきゃそう思うのもわからんでもない。

今も『前』も、性格はお世辞にも褒められたものではないが。

とはいえこの程度で騙されてくれるなら、コルオーンの貴族も大した事は無い。

「～ッ！」

と、言えりゃ楽だったのだが。

——瞳の奥に隠した闘志に気づいたのだろう、身を僅かに震わせながら、笑みに興奮を混じらせるコレットを見ていると、一筋縄ではいきそうもない。

噂によるとコレット皇女は幼い頃から相当な腕自慢で有名だったそうだ。成程、噂に違いはないのだと実感した。

「ッハハ——気に入ったぞ！　今後とも宜しく頼む。貴女とは長い付き合いになりそうだ」

「ええ、此方こそ。お歳も同じという事で、僭越ながら仲良くしていただけると嬉しいですわ」

差し出される手をにこやかに握り返す。周囲からため息が漏れるのは、これが非常に絵になるからだろう。

幼いながら、コレットは将来の美貌を感じさせるよく整った顔をしていた。白髪の俺と黒髪のコレット。対照的でツラはいい二人がにこやかに握手を交わすさまは、何も知らずに見れば目の保養にもなるだろう。

実際のところは獣が二匹向かい合っているようなものだ。それに気づいたのは、さて何人いるやら。

「騎士団の演習が開始するまではまだ時間がある。その間、長旅の疲れを癒やすと良いだろう」

◆

暫くして。

俺はコルオーンの首都ヴースベルクから程々に離れた場所にある草原へと場所を移していた。

なにもない草原が大勢の人々であふれかえる中、俺は設けられた来賓席から騎士団の演習を見下ろしていた。

コルオーンの国旗に使われた二色、赤軍と白軍に分かれての中隊のぶつかり合いは中々の迫力がある。

聞けば、二人の将軍がそれぞれの軍を率いている様だ。この騎士団演習は祭典の催しであると同時に、切磋琢磨の場所でもあるというわけだ。

だがまあ——正直な所を言うと、少々退屈だった。

迫力はあるのだが、未来のコルオーンの戦術を知っていると拍子抜けするというのが正直な所である。

魔法が開発されてからの戦争というのは、一人の英雄が勝敗を決する事も珍しくはない。

だからこそ戦争という形の戦闘は、多くの兵士が魔術を放ちあって猛将をサポートする、という形式が一般的だ。

未来に弩などの兵器を導入するコルオーンも、今のこの時代では戦術においてはイルタニアとさほど変わりはないようだ。

まあ将兵の質には大きな差があるが——

「なあ、どうだミレーヌ嬢」

と、あくびを噛み殺していると、隣のコレットから問いが投げかけられる。

態度には出していなかったはずだが、と思いながらも、俺は改めて外での顔を整えた。

「大変迫力がございますわね。特に将軍のお二方の気迫は凄まじいモノを感じます」

「ははは、そうか？」

にこやかに返すとコレットは笑う。

だが快活な笑い声に反して、あまり愉快そうには感じられない。

「確かに見世物としては良いものだろう。だがなんとも、舞台を見ているようだとは思わないか？」

見世物。実戦と遜色のない兵たちのぶつかり合いを見て、コレットはそう評する。

言う通りだ。表情を変えぬまま、眼下の『戦い』を見やる。

並んだ兵士達が魔術を放ち合い、戦場には様々な属性を持つ色とりどりの魔術が乱れ飛ぶ――演習という事で殺傷能力は落としているらしいが、これがこの時代の『戦い』だった。

だがそれをもって、コレットは舞台のようだと、見世物にすぎないと言う。

「魔術は誇りだの、気高く勝利するだの、なんとも下らない。そんなものは本の中、舞台の上でやればいいと思わないか？」

なんとも来賓の立場では答えづらい事を聞いてくるものだ。

だが、その言葉には全面的に同意する。この時代の戦いは――先になってもだが、融通が利かないのだ。剣と魔術を使って戦う事にこだわるあまり、他の手段に目がいかないというのだろうか。

極論、ヒトは弓で射られりゃ死ぬ。手ぶらで動けるという魔術のアドバンテージは無視出来ないが、他にいくらでもやりようがあるというのが、戦いに対する俺の認識だ。

「私は、あれをもっと面白くするぞ。このコルオーンをもっともっと強くする。誇りというものは殺してこそ得られ、生きてこそ伝えられる。そうは思わないか！」

コレットの言葉が徐々に熱を上げていく。

……実の所、コレットが女帝となった未来のコルオーンでも、語られる理想の全てが実現したとは言い難い。

結局の所魔術というヤツの権威は衰退しなかったし、導入こそされたものの非魔術兵器はやっと選択肢に入ったという程度だ。

だがまさか十四歳という若い身空でそんな事を考えていたとは。

『黒獅子』は根っからの戦争狂いだという話を聞いた事があるが、与太話ではなかったようだ。

なにより、その言葉には不思議な説得力というか――カリスマの様なモノを感じた。彼女の下で見る夢は、さぞかし熱いものになるだろう。

黒獅子のその牙が、故郷に向かない事を祈るばかりだ。

「私にはよくわかりませんけれど、情熱的なお話ですわね」

「だろう。まあ固定観念を崩していくというのは中々難儀するだろうな」

とはいえそうなってしまうと、俺も大分やり辛くなる。

前の『魔法無能者』なんて呼ばれていた時に比べりゃ『スルベリアの髪』を持つ今は既にやり辛いが、それでも魔力を隠せばこの見た目と合わせて相手を油断させる事は出来たはずだ。

魔術がそれほど重要視されない世界なんてのは、慣れたやり方が出来なくなる分、来ないでくれた方がありがたい。

口で肯定するその腹で、そんな事を思いながら漠然と演習を眺めていると、やがて決着が訪れる。

赤軍の勝利だ。やや若い将軍が剣を掲げ、勝鬨（かちどき）を上げた。

「お見事ですね」

「そういう事にしておこう」

お互い心にも無い事を言っているというのは、多分あちらも分かっているだろう。

周囲の盛大な拍手に反して、来賓席の俺達は冷ややかなものだった。騒がしさの中に沈黙が流れる。

「なあミレーヌ嬢」

「如何（いかが）なさいましたか？　コレット皇女」

沈黙を破ったのは、コレットの方だった。

「聞けば、最近は鍛錬に力を入れているとか。『美しき戦乙女』と称えられるその名は、領地が近い我々も聞き及んでいる」

「そんな、噂に尾ひれがついただけの事ですわ。自らを律する意味でも、体の方は鍛えていますけれど……」

「はは、そう謙遜するな。まあ、それはよい。ミレーヌ嬢は体を鍛えているだけというが、もしも将来、将として兵士を率いる立場になった時を考えてだ。……ミレーヌ嬢ならば、この白軍をどう勝たせるか、何かよい考えはあるか？」

軽い知恵試しだろうか？　コレットは負けた白軍を勝たせてみせろとその眼を好奇心に輝かせて向けてくる。

この条件で、となると少しばかり面倒だったが、実戦という条件があるのならば答えは簡単だ。

少しだけ悩むフリをして、俺は答える。

「そうですわね……私ならば、部隊の全員に弩を持たせますわ」

「弩と来たか！　その理由は？」

コレットの声は上ずっていたが、その瞳は真剣そのものだった。

バカにしているようにも聞こえる声は、興奮によるものだろう。

それもそのはず。コレは未来、コレット自身が自軍に取り入れ——ミレーヌの処刑に集まった反乱軍を混乱のどん底に陥(おとしい)れた戦術なのだから。

「あの様な魔術の撃ち合いですと、消耗が激しくなりますから。派手な魔術の撃ち合いは開戦の時だけ。この戦闘でもそうですが、その後は消費の少ない魔術に十分な殺傷能力を持たせられる距離まで近づくでしょう？　ならば、矢を用いれば相手が接近してくる前にその戦力を大きく削(そ)げるでしょう。矢が刺されば、当たりどころが悪ければ死んでしまいますからね」

おかしいでしょうか？　と我ながら寒気のするような猫かぶりで首を傾(かし)げてみせる。だがコレットは呆(あき)れるでも無く、猫かぶりに顔を顰(しか)めるでもなく——その顔を、興奮の笑みに染め上げた。

獅子(しし)を思わせる、好戦的な瞳の光を湛(たた)えて。

……まったく、随分と回りくどい事だ。

領地が近いというだけの公爵家の娘をわざわざ呼びつけたのは、現在の『戦闘』を論ずる為でも、ましてや騎士団の演習を見せる為でも無いはずだ。

『スルベリアの髪』はイルタニアにとっては重要なものだが、他の国にとっては大きな魔力の持ち主という以上の意味は持たない。

　となればコレットが用を持つのは——

「その様な考えを持つ事が出来るそなたには、些か退屈な見世物だったな」

『ミレーヌ＝ペトゥレ・ド・レーリエ』個人に他ならない。

「いえ、大変興味深いものでしたわ」

　焦らすようにその問いかけをひらりと躱す。

　確かにこの見世物は退屈だったが、この言葉も嘘ではない。なぜなら、ただ力強いだけの騎士団に、完成した戦術を取り入れたこの女が只者ではないという事が改めてわかったからだ。

「ふふ、まあそう言うな。私達の様なお転婆には、ずっと座っているのも疲れるだろう？　ミレーヌ嬢、ここらで少し体を動かしたいとは思わないか？」

　ゆっくりと立ち上がり、振り返るコレットは笑みを浮かべていた。闘志を隠しもせずに、問答無用の同類認定まで添えてだ。

「正直、ずっとそそられていたんだ。大きな魔力を持つという『スルベリアの髪』の持ち主のその力、是非ともこの目で確かめてみたい！」

　まったく、俺の名前がどうのというが、国の外までどんな風に伝わっているやら。イルタニア城での一件が広がっているのだとしたら考える必要があるが——

「コレット皇女がご希望されるのであれば、不肖ながらお付き合いいたしますわ」

兎も角、せっかくお招きに与ったのだ、踊りの相手も務められねえってんじゃ『お嬢様』には程遠い。

尤も、誘いのお相手は大層なお転婆娘と来たものだが。

「そうこなくては！……誰ぞいるか！」

俺の返事を聞くと、コレットは待っていたとばかりにマントを翻した。

確かに座っているのも飽きた所だ。ここらで運動をするのも悪くはないだろう。

コレットの声に導かれて一人の兵士がやってくると、あれこれと指示を受けた兵士が去っていく。

その姿を見送ったコレットは、暫く沈黙していたが、やがて鼻を鳴らさんばかりの勢いで輝いた眼を此方に向ける。

「さ、移動するぞ！　ちょうど演習場も空いた事だしな！」

「……まあ、積極的ですのね」

そうして手を引かれ、俺は今見下ろしていた演習場へと連行されるのだった。

◆

――と、そんなわけで。

気がつけば、あれよあれよという間に俺は衆目の下、コレットと対峙していた。

やはり最初からこれが目的だったというわけだ。

騎士団の演習へ招待するというのは建前、腕自慢の令嬢がいると聞きつけて、手合わせをする為に呼んだのだろう。

それは最初から分かっていた事だ。普段は隣国まで呼びつけられるなんざ冗談じゃねえ、と言った所だが――『この』コレットはあのコレットとは違うといっても、やはり少しばかりは思う所がある。

「つてでミレーヌ嬢の話を聞いてからずっと会ってみたいと思っていたのだがな。思った通りの人物で、少々興奮しているよ」

「まあ」

木剣の感触を確かめつつ、おどけるように笑ってみせる。

人前じゃしっかり猫を被っていると思っていたんだがな。『思った通り』というのはどれの事を指すのだろうか。

とはいえ思った通りは俺も同じだ。このコレットはあのコレットの折り返し地点という年齢だが、歳を取って落ち着いていくにつれてああなっていくというのは十分に理解が出来る。それを落ち着いていくと表現していいのかわからないが、兎も角だ。

今はその気性の激しい部分が前面に出ているというのは明らかだ。腕自慢が腕自慢の話を聞けば、腕試しがしたくてたまらなくなる。そんな人間は、傭兵社会にもごまんといる。

「さあ構えよ！　そなたの力を見せてくれ！」

勇ましく、凛々しいコレットが剣を掲げると、海が割れるような大歓声が響き渡る。

これで民の心も掌握しているらしい。将来的に敵対する事があれば厄介な事この上ないな。

言われる通りに構える。剣術の基本に倣った上段構えだ。……小柄なコレットに『獣』の剣術は効果が薄いだろう。相手が変われば選ぶべきカードも変わる。戦い通しの十年と少しで学んだ事だ。

さて、どうするべきかね。招かれた客という身分ではあるが、相手はこの国のお姫様だ。相手を立てるのが最も丸くコトを収める方法だとは思うが――

「言っておくが、手加減はしないようにな。私は、舐められるのが最も嫌いだ」

当の皇女様がこれじゃあな。

舐められるのが嫌いだというのは本心だろう。じゃなきゃ、無礼を理由に隣国に攻め入ったりはしまい。

かといって本気を出すのも大人げないし、本人は別として周りの奴らを刺激してしまいそうだ。

手加減ではなく、本気を出しつつ向こうを立てるとするならば――

目を鋭く、睨みつけるようにコレットへ視線を送ると、コレットの口が裂けるような笑みを浮かべる。

「行くぞ！」

開始の合図も無しに、コレットが駆け出す。流石に腕自慢というだけはある魔力だ。

出来れば暫くはか弱い令嬢を装っていたかったが、木剣じゃ魔力の支えなしには受けきれないな。

まあそれはこうしてここにお呼ばれしている時点で今更か。

「せいっ！」

気合と共に木剣が打ち込まれる。激しい魔力をよく練られた技術で統率する、鋭い打ち込みだ。

まだまだ原石に過ぎないが――直接剣を交える機会のなかったあの女帝は、恐らく優れた指導者である以上に優れた戦士だったのだろうと予感させるいい剣だった。

少し、安心した。かつての自分を葬り去った未来の仇が、腑抜けで無くてよかったと。

「お見事ですわね。ですが──」

構えた木剣で防御をする。鋭い金属音を響かせるのは、木材ではなく纏わせた魔力だ。

やはり魔力を使わずに受けていたら、剣はあっさりと折れていただろう。それを考えると魔力を持つものが持たざるものを『魔法無能者』などと呼ぶのも理解が出来る。

現実には、よく鍛えた鋼の剣をそれだけで折るような使い手はそこまで多くないのだが。

ともあれ、俺はそれをコレットと同じ程度の力で受けていた。手加減といえば手加減だが──

「フッ……！」

技術の方は、マトモに向き合うつもりだ。

一瞬引き、そして押す。その落差によって生まれた力のムラを利用して、一気にコレットの剣を撥ね上げる。

そしてそのまま肩口へと木剣を走らせる──が、自由な下半身で地を蹴り、コレットはなんとかといった様子で後方へと離脱した。

成程。努力を感じさせる剣技の出来ながら、センスもいい。反応の速さは中々のものだ。

何よりも──

「噂通り……いや、噂以上だ！　流石だな、ミレーヌ嬢！」

力の差を示されて、獰猛に笑えるその気性。

まずその差を一合で感じ取るというのもいい。あるいは劣っているとは思っていないような激しい闘志もまた好ましいものだ。

――正直な所、俺はこの少女をそれほど恨んじゃいない。どっちみちあの国は終わっていたというのは理解していた。そこに自ら戻ったのは俺の意思だし、国に止めを刺すのが誰だったかというだけの話だ。

そもそも、いずれそうなる未来を知っているとはいえ、ここにいる少女はまだ何もしていない、あの女帝とは別の人間だ。

この武人気質な少女を気に入り始めている自分に気がついて、口角を上げる。

「そう仰るコレット様こそ、素晴らしい腕ですわ。恐らく、城内でもお相手を務められる方は限られるのではありませんか？」

「はは、その通りだ。全く情けない、耳の痛い話ではあるがな――と！」

再び駆け出すコレットに正面から向き合う。

二度三度と木剣が振るわれるたび、激しい魔力のせめぎあいが剣戟の音を演出する。

戦争というものは、兵の数も重要だがそれ以上に、一人の猛将が勝負を決める事も多々ある。コレットの相手が出来るのは、既に猛将と呼ばれるクラスの人間だけだろうという技術と魔力が剣から伝わってきた。

前世の俺だったら、マトモに打ち合うのは難しかっただろうな。こんなに激しい勢いで剣をぶっ叩かれたら、技術だけじゃとても受けきれねえ所だった。

……技術に加え、その力を受ける力があるのが今の俺なのだが。

全く忌々しい話だ。『どう戦うか』ばかりを考えていた力を俺自身が持つ事になるとは皮肉なもんだ。

だがお陰でその力はよーく理解している。利用方法も、弱点もだ。

魔力とは、心の力の変換だ――という話を聞いた事がある。当時の俺には要領を得なかったが一つだけ知っている事がある。

それは意識の昂りが魔力に漏れ出す事があるという点だ。例えば――

「……ッ！」

コレットの目が、一際強い輝きを放つ。それは勝利への確信だ。

流石だ、よく見ている。俺は心中で感嘆の息を吐き出した。

――戦いの中で、迸った『気』は時折、動きに先んじて魔力を走らせる事がある。それはいうなれば今から動くぞと伝える予兆だ。しかしそれは魔力が未熟であるならば、感じ取れないほど微弱な風の様にしか感じないし、高い魔力を持つ者同士の戦いの速度では気にしているヒマもないほど僅かな、冬に指を刺す小さな雷の様な微弱な先走りに過ぎない。

コレットはその気を感じ取って、横へ倒した剣を眼前に構える防御の姿勢を取ってみせる——流石の感覚、流石の反応速度と褒める他ないだろう。

左肩口から腰へと抜ける大振り。俺が放った『気』はその様なものだった。

「がっ……⁉　何……っ⁉」

しかし実際にした俺の動きは、逆側の胴への小さな横薙ぎだ。言うなれば魔力に感じさせたのとは全く逆の動きである。

その気になれば胴を断つ事も出来るが、これは手合わせだ。骨も折れない程度の威力で打ったが、手加減のうちには入らないだろう。

打ち据えられて痛む脇腹を押さえて、コレットが後退する。その表情には明確な困惑が浮かんでいた。

『これ』を感じ取れるのは達人の域にあるモノだけだという。この若さでそこまで到達するのは稀だろうし、そもそもが殆どの者が一生体験せずに終わる世界の話だ。

言うなれば、これはコレットだけの世界だったのだろう。その意識の間だけに存在する世界が崩れ去った——この一撃は単純に意識の裏をかかれたというだけじゃない衝撃をもたらしたはずだ。

「い、今のは……⁉」

「つくづく流石と言う他ありませんわね。今のがどういうモノか理解出来ているというのは驚嘆という他ありません」

殺気だけを走らせる『技術』。これが今の俺が編み出した技だ。ただしそれは非常に高いレベルを持つ強敵にしか通用しないフェイント、本来ならば十四歳の少女に向けるべきではない——向ける意味がない技術である。

「まさかそんな……！」

「し、しかし……信じられん！」

どよめく観客の中から驚愕に震えた声を出したのは、先程軍を率いていた二人の将軍だった。

観客からすれば姫が読み違え、打たれた。たどり着いてもそこまでの話だろう。が、将軍達は今何が行われたかを分かっているようだった。

常識に凝り固まった戦術を使ってはいても、その実力は本物のようだな。こういう奴らがいるのなら、軍事帝国コルオーンの未来も明るいだろう。俺にとっては、皮肉な話だが。

「まだお続けになりますか？」

「……ッ」

やや冷ややかに発した言葉は『我儘を言ってみるか？』という意味を持っている。

軽傷も軽傷とはいえ、がら空きの胴を打たれたのだ。実戦だった時にどうなっているかは、考えるまでもあるまい。

即ち、死人がまだ動くかと、俺が聞いたのはそういう事である。

その無礼な物言いに気づいた状況を理解出来ぬ者は「有効打を一つ決めたくらいで」と騒ぎ立て、それが観客に伝染していき喧騒となる。

どうやら国民の人気はあるようだし、いくら招待したとはいってもぽっと出の娘が、我らが姫を相手に軽く胴を打ったくらいで誇らしげに勝ち誇ってみせるな、といった所だろうか。

「ッやめないか！」

だが民衆の間違いを最も理解しているのは、コレットである。

耐えきれず、といった様子で叫んだコレットの表情には、怒りが浮かんでいる。

「お前達は私に恥をかかせようと言うのか？　これが実戦であれば、今ので私は死んでいたんだぞ！　それにしたって不必要な傷を与えぬようにと手心を加えられていたというのに
……！」

その怒りは——この少女ならば当然だろう、騒ぎ立てる民衆への怒りであった。

武人気質なコレットに一番効いたのは、コレットの敗(ま)けを認めない民衆の言葉だった事だろう。

特にそれは、戦(いくさ)に対してシビアな考えを持っているからこそだ。

「お前達には、ミレーヌ嬢がどれほど高度な技を使ったかもわかるまい……！　それさえ分からず騒ぎ立てるなど、笑止千万！　お前達は、私に愚かである事を強要するというのか！」

加熱しかけていた観客達が一斉に押し黙る。美しい姫の烈火の如(ごと)き怒りが、自分達のそれを優に超える熱量を持っている事が、わかったのだろう。

癇癪(かんしゃく)ではない、叱責。それが分かっているからこそ、民衆は何も言えない。

つくづく面白い奴だ。敵には回したくないと、改めて思う。

軍靴(ぐんか)の音を小気味よく鳴らし、コレットが俺へと向き直る。

「……すまない、ミレーヌ嬢。至らぬ民達の非礼を詫(わ)びよう。招待に応じていただいたばかりか、手解(てほど)きまでもしてもらっておいてこの体たらく、情けないことこの上ない」

そして、深々とその頭を下げた。一国の姫としては、軽々しく頭を下げるのはよろしくない——が、おそらくはそれを分かっていて。

観客から、嗚咽が漏れてくるのが分かった。ああして騒ぎ立てたのも、姫を敬愛するがゆえだろう。その気持ちが、我らが姫に頭を下げさせてしまったと理解しているのだ。

……なんとも、厄介な国である。

民からも信頼の厚い武勇に優れたカリスマとは。敵に回したら厄介な事この上ない。

「頭をお上げになってください。彼らの想いは私とて理解していますわ」

「ミレーヌ嬢……」

まあ、今の所は敵じゃねえのがありがたいが。

こんな国と戦争をする事が無い様、気をつけるくらいはしたいもんだ。

寄り添うようにコレットの顔を上げさせると、水を打ったように静けさが訪れる。

近くで視線を交わすと、やがてコレットの表情が緩んだ。

「……完敗だ！　見たろう皆の者！　強く、気高く、美しい！　他国の者とはいえ、優れた者を優れていると認めるのもまた器量、この姿を目に焼き付け、コルオーンの名に恥じぬよう気高く生きてほしい！」

木剣を放り投げ、代わりにコレットが握ったのは俺の腕だった。

勝者を称えるように腕が高く掲げられると、それに呼応して、今日一番の歓声が巻き起こる。

「万歳！」

「コレット姫万歳！」

「ミレーヌ様万歳ッ！」

　正直に言えば、少々面食らった。まるきり反転した態度もそうだが、これほど多くの人間に讃えられたという経験がなかったからだ。

　前の俺にとっては、卑怯だの野蛮だのというのが相手からの称賛の代わりだと思っていたが——悪くはねえ気分だ。

　木剣を地面に突き立てて、猫を被り直す。

　掲げられた右腕は自由にならなかったので、空いた左の腕で観衆へと手を振った。

　顔を使い分けるのが慣れたもんだと自分でも思う。尤も、武勇を讃えられているというのでは王族がベランダから手を振るのとはまた違った趣だろうと思ったが——

　理解しつつも、それでもどこか浮かれていたのだろうか。

「なあミレーヌ嬢」

　傍らで手を掲げるコレットが、場に似つかわしくない、冷たい声で名を呼ぶ。

「如何なさりましたか？」

　冷水を打たれた様な心持ちでいつつも、俺はにこやかにそう返してみせた。

腹の底じゃ苛立っていたのか？　疑問が浮かぶも、俺は自らその考えを否定した。この
お姫様は、そんなちっぽけなタマではねえ。
それよりも、見覚えがあるその表情は――
「私はそなたが気に入ったぞ。甚くな。何としてでも、そなたを手に入れたくなった」
あの時。末期の時に向けられた視線と同じものだった。
「まあ、情熱的ですのね」
「私の前で猫を被らなくてもよい。その瞳の奥に獅子――いいや、誇り高くも狡猾な狼
が潜んでいる事は分かっている」
「……上手く化けているつもりだったんだがな」
「同じ武人が見れば気づくさ。それよりも、キミはそういう喋り方だったんだな。先程ま
でよりもずっと魅力的だ」
「そうかい」
表情を変えないままに、口調だけを素に戻す。俺も器用になったものだとは思うが、本
性を見破られちまっているというんじゃどうだか。
しかし女から口説かれるというのは、中々貴重な経験だ。商売女から売り込みをされる
ことはあったが、そんなものとは全く違う感覚だ。

俺達に向けられる大歓声を隠れ蓑に、俺達は二人だけの会話を続ける。

「なあミレーヌ。コルオーンに来るつもりはないか？　私は『神の寵児』だのという伝説には興味が無いが、キミの様な能力を持つ人材がこれからのコルオーンに必要になってくるのは分かる。その為ならば何でも願いを叶えようと思うが」

「へえ、口説き文句としては魅力的じゃねえか」

それは王の口説き文句だ。求めながらも、しかし自分が与える側であるという立場は崩さない。これをそこらの凡百の坊っちゃんがやっているんじゃ滑稽だが、これほど魅力的な女に言われれば男冥利に尽きるというモノだ。……まあ、今は男じゃあないが、それは置いといて。

「実のところ前にも似たハナシはあったんだ。そっちは断ったが、そんなのも悪かねえとは思ってる。どの道、いずれは家を捨てて傭兵にでもなるつもりだったんでね」

「ほう！　それは重畳だ」

俺はいずれは家を捨て、自由に生きるつもりでいる。好き放題に出来る環境をコレットが用意してくれるっていうならば、断る必要もねえとは思う。

わかりやすく表情を綻ばせるコレット。だが——と俺は続けた。

「昔っから野良犬の気質でね、これって言う飼い主にゃ、出会った事がねえのさ。そいつ、を用意出来るってんなら、お前の下についてもいい」

それは皮肉った言い方だが、要約すればこうなる。

『お前じゃ俺は飼いならせねえ』。

その言葉の意味がわからないコレットでは無い。驚きに口を開けるコレット。

「――はは！　面白い。では狼に相応しい飼い主になってやろう。もう一度宣言するぞ、私はキミを手に入れる。何をしてでもな」

だがすぐさま獰猛な笑みを浮かべると、腕を掲げる手に力が籠もった。

何をしてでも、ね。ちょいと焚き付けすぎたかとは思ったが、悪い気はしなかった。

今回の人生は、俺が俺の思うままに生きる。それは崩さねえ絶対の信条だが、自由が保障される限りは誰かの下につくのも悪かねえ。

コレットの下につくのが俺の『やりたい事』になるのなら、その時は喜んで尻尾を振ってやろう。

「はっ、楽しみにしてるぜ」

「言ったな」

お互いに獣のように笑い合うと、掲げられた腕が下ろされる。

そうして、改めて手が差し出された。俺は、迷いなくその手を握る。

「コレで私達は盟友だ！　私が誰かを対等な友と認めるのは、キミが初めてだぞ！」

「そいつは光栄だ。が、そういうおべっかを求めてるわけじゃあねえだろう？　これからよろしくな、それだけでいいんだよ」

「む、そういうものか」

固く手が結ばれた事による今日一番の大歓声の中、俺がそのあまりの声量に顔を顰めると、コレットが笑う。

「じゃあ――これからよろしく頼む。末永く、な」

「ああ、よろしくな。精々頑張りな、皇女様よ」

こうして、俺は前世で故郷を滅ぼした敵国の皇女と友情を結んだ。

少なくとも『ミレーヌとコレットの初邂逅』は、前の歴史のそれよりもずっとマシなものになったろう。コレットとしても、傭兵の野良犬としてもだ。

しかし、それが穏やかなものになるかはまだわからない。

唯一つ言えるのは、ようやくサシで付き合える友人が出来たという事だ。俺にとっても、コレットにとっても。

隣国くんだりまで出かけるのも、たまには悪くねえ。

「さ、宮殿へ帰ろう。我が国自慢の料理を用意させているぞ！」

コレットの言葉を聞いて、俺は改めてそう思うのだった。
付け加えて言うなら、これで酒が飲めりゃ言う事はないんだがな——

第四話　深窓

雨の日、というものに、風情を感じた事は無かった。

ふと、開いていた本から眼を外し、窓の外へとやるとそこには灰色の空模様。

家の中からガラスを通して見るそれは成程、確かに何やら普段とは違う情緒があるようにも感じられた。

基本的に傭兵というのは外を駆けずり回る商売だ。一度依頼を受けりゃ誰かの護衛にしろ賊の討伐にしろ、外で歩く事になるし、そこにこっちの都合は関係ねえ。雨が降っていようと思う事は『ツイてねえ』だの『鬱陶しい』くらいのものだった。

それでも年中外にいるわけじゃあない。が、傭兵が屋根の下にいるのは大概金に余裕がある時だ。そんな時は酒場で酒を飲んでいるか、宿で寝ているかが殆どで、外の空模様なんか気にかける事は殆どないと言っていい。

家の中から外を見るなんてのは何年ぶりの事だろうか。

気まぐれに窓に触れると、結露が指を濡らす。濡れる事を厭わず手を付けてみると、外気の冷たさをそのまま伝えるガラスが心地よい。

　こうして感慨深げに窓に手を付く俺を、誰かが外から眺めたら『深窓の令嬢』にでも映るのだろうか。ふ、と口角を上げると、俺は再び本を読むべく窓から手を離し、雑にハンカチで手を拭った。


　雨もたまには悪かねえ。そう思うのは、こんな機会でも無ければ鍛錬を休む事はないからだろう。雨だから休む、というのはこんな身分でもなきゃ出来ない、中々贅沢（ぜいたく）な事だ。そういう特別感も雨の『風情』というヤツの一つだろう。

　加えて、流石（さすが）に雨の日はアルベールもやって来ない。こうして読書なんかしてりゃ侍女も騒がしくはしないので、最近の身の上には珍しい静かな時間というのも、雨の日の特別感を強めているのだろうと思った。

　……しかし、傭兵エンヴィルが読書とは。昔の馴染（なじ）みが聞いたら笑うのだろうと考える。自分でも似合わねえ事この上ないとは思うのだが、それでも、俺はただ侍女に気を遣わせて静かな時間を得る為だけに本を開いているというわけでもなかった。

　本のタイトルはズバリ『スルベリアの髪』だ。

　宗教だのにはまるで興味が無いが『自分』の事は理解しておく必要がある。バカバカしいと鼻で笑うのを我慢しつつ、俺は国ではない神の『イルタニア』、そして『スルベリアの髪』――やがて俺自身が付き合っていく事になる異名やら伝説やらを、調べておく必要があった。

幸いというべきか、ミレーヌが生まれ『スルベリアの髪』の持ち主である事が分かると、バルザクは関連の書籍を慌ててかき集めたらしい。

これ関連の本は、ペトゥレの家には溢れかえっていた。

『スルベリアの髪とは、私達の救世主イルタニア神が愛したと言われる、スルベリアの花と同じ色を持つ髪、あるいはその持ち主の事を指して呼ぶ名前です。スルベリアの髪を持つ者はイルタニア神の愛を受けているとされ、その殆どが特別な才能や大いなる魔力に恵まれます。この事から、スルベリアの髪を持つ者は神の寵児とも呼ばれ、我々イルタニア国の住民にとっては非常に重要な存在とされます。』

しかしまあ、なんとも胡散臭い話だ。読んでいると侮蔑から鼻息が出てくる。

とは言えその理屈自体は分からないでもない。神が愛したという花と同じ色の髪を持ち、才能や魔力に恵まれるとあっては神に愛されているというのも尤もらしい話に聞こえる。

だが、そんな『神の寵児』の末路がアレだ。神というものの存在だけは、やはり俄には信じられなかった。

……俺なりの理屈でモノを言わせてもらえば、そもそもが逆だったんじゃあ無いかと思うのだが。白にごく薄く赤色が混じったような髪の色というのがそもそも、多くの魔力を持って生まれた者の身体的特徴で、その髪とよく似た色の花があるという話になり、その花を神が愛している事になった——という具合に、先に『大きな魔力の持ち主の髪が白い』という理屈があったんじゃ無いかという推測だ。

古い歴史の事なんざわかりゃしないので、結局答え合わせは出来ないのだが、まるきり見当違いという話でもないような気がする。

まあこんな話を『スルベリアの髪』の持ち主がするのはあまりよろしくないだろうが。カミサマの名前をそのまま国の名前にする様な国だ、あまり尤もらしい事を言うと、やぶ蛇になりかねない。

……しかし、こういう事を学び始めてみると案外面白い。前世では学だの勉強だのには縁のない人生を歩んできたからか、文献を読んで自分でモノを考えるというのは、非常に新鮮だ。自分で思うより向いているのかも知れない——というのは、新しい発見だった。

学ぶ、というのは結構贅沢な事だ。日々の仕事をほっぽりだして時間を取れる奴は平民にはそうはいないし、学んだ事で理屈を立てるにも、そもそも高度な教育自体が半ば貴族の為のモノと化している。

——そう、俺は行こうと思えば学園に通う事が出来るのだ。

前の俺は勉強なんざやってられるかと考えていたが、前の身分じゃ望んでも手に入らなかったものが手に入るってんなら、もらっておいて損はねえ。

それ自体は面倒だが、教養ってヤツも生きていく上じゃ手札になりうる。切れるカードは出来る限り多めに持っておくというのが傭兵エンヴィルのモットーだ。

聞けば貴族だけが通う学園があり、そこは寮で生活するという。この騒がしいペトゥレの家から出ていけるというのであれば悪くない。

「……ハァ」

そう考えていたのだが。

本を閉じ、気だるげに窓の外へと視線を映す。

豪快なため息はおよそお嬢様らしからぬものだったが、どうせ誰が見ているわけでもない。それだけ俺の悩みが大きい事を示すものでもある。

悩みのタネは、その学園に通うのを阻む者がいるという事だ。

……まあ、バルザクの事なのだが。

この世界の貴族は、全員が全員というわけではないが、今の俺くらいの年頃になるとゼルフォアにある、貴族のみが通う魔法学園に通うらしい。

ゼルフォアというのはこの大陸の中央にある中立国だ。名産品はあまりないものの、大陸の中央にある事からあらゆるモノの流通が盛んで、交易でそれはそれは稼いでいるらしい。

ここに手を出すと交易の面で総スカンを食らうという事で、イルタニアの末期頃でも戦争に巻き込まれず平和を維持していたという一種の聖域だ。

平和で金を持っているという事から、貴族学校を設立して世界の平和に貢献している……というのがゼルフォアという国である。

まあ結局の所戦争はいくつも起きていて、イルタニアも滅んだわけなのだが、それはさておき。

当然、俺も時期が来れば学園に通うものとばかり思っていたのだが――

『学園？　ああミレーヌ、それは賛成出来ないな。学園というのはゼルフォアにある貴族学園の事だろう？　そんな離れた場所にお前一人でやるなどとてもとても』

……以上、バルザクの言葉である。

バルザクは『スルベリアの髪』のいいなりだと思っていたのだが、どうもそれが自分の目の届かない場所に行くのは好ましくないらしい。

自分の『財産』が手元を離れる事に抵抗があるのだろう。

口じゃ『ミレーヌ』を案じているかのように言っているが、中身が変わろうと気にもとめない親だ。考えてる事は直ぐに分かる。

そんな距離感が俺にとっちゃ有り難かったわけだが、今回のは奴のミレーヌに対する認識が邪魔になっているというわけだ。

俺も俺で、ヘタなプライドが邪魔して学園に行きたいと強く頼めずにいる。

立派な事だとは思うのだが、いい年こいて『学園に行きたい』と親に頼むというのもなんだか小っ恥ずかしい。

そんなわけで、書斎で深窓の令嬢のマネ事なんぞしているというわけだ。

尤も、この場所には今俺だけだ。お嬢様らしい所作なんか心がけちゃいないので、儚げな雰囲気なんかこれっぽっちも無いだろうが。

とはいえ、行けないなら行けないで自分の出来る事をするだけだ。書斎を使って勉強を始めたのはそんな理由からだ。雨の日は外で体を動かす事も出来ねぇし、だったらせめてこの髪でハッタリを利かす為のお勉強くらいはしておこう……という話である。

前の歴史のミレーヌは『スルベリアの髪』である事を最大限に利用していたという印象があるが、アイツもその辺りの勉強だけはしていたのだろうか。自分の武器を磨いていたと解釈すりゃ好感は持てるが、それ以外がなおざりで国まで滅ぼしたとなるとやはり最低限の立ち回り方くらいは学んでおきたい所だ。

……結局の所、そんなモンに頼らないでも好き勝手生きるというのが今回の人生ってヤツの目的なのだが。

ま、コレも手札を増やす一助にはなるだろう。差し当たってカミサマの方の『イルタニア』でも調べてみるか――

「ミ……ミレーヌ様、いらっしゃいますか⁉」

なんて思ったら、ノックもしないで侍女が書斎へと駆け込んできた。

一般には無礼に当たるのだろうが、俺は然程気にしない。

「リサか。随分慌ててるじゃねえか。まあ落ち着けよ」

「は、は、はいいい……！」

駆け込んできた侍女はリサという女だった。遠巻きに俺の訓練を見つめる取り巻きの一人だが――俺には専属のレアがいる。レアを通さないでリサを使ったという事は緊急の用事か。

落ち着け、という言葉をかけると、リサは深く呼吸を整える。慌てて走ってきたのだろう、疲れが見える。

俺は静かに継がれる言葉を待った。

やがて呼吸が収まると、リサは俺の眼を見据えて伝える。

「だ、旦那様がお呼びです。何やら大慌てで、兎に角直ぐにミレーヌ様をお呼びしろと……！」

「親父が？　……ああ、分かった。すぐに行く。親父は何処に？」

「執務室です」

リサの言葉に、俺は僅かに眉を顰めた。

別に気に食わなかったとか、そういう理由ではない。こと自分の目の届く範囲にいる限り、親父はかなりの放任主義だ。

それこそアルベールを叱咤していても本人が満足している限りは何も言わないし――俺が移ってくる前のミレーヌが傍若無人に振る舞っていても、何一つ注意もしやがらねえくらいだ。

その親父が、急ぎ呼び立てているという事が腑に落ちなかった。

大物ぶってはいるが、アレは小心者だ。俺の機嫌を損ねるような事はしたくないと考えているはずなのだが。

とはいえそんな推測は後でもいい。行動が遅れれば俺の代わりに侍女の方へ叱責が行くのは目に見えている。

本を閉じ、机の上に置いて部屋を出る。リサが後ろを付いてくるのが分かったので、そここその速度に合わせて競歩のような形で歩く。

いくら広い屋敷とは言っても所詮は屋内だ。目的の場所へは直ぐに着いた。

「おおミレーヌ！　急に呼び立てて済まないな。メイドもご苦労だった。下がっていいぞ」

この屋敷の中でも特に立派なドアを開けると、そこにいたバルザクが労いの言葉と共に侍女を下がらせる。

一々侍女の名前も覚えちゃいねえんだろうな、というのは少々刺々しい考えか。まあいい。

「それで用ってなァ何だよ」

「うむ、それなのだが……さる方から手紙が来ていてな」

一体どんな用事で呼び出したのかと思えば、手紙が理由だという。

手紙なんぞに緊急性があるとも思えないのだが。親父が差し出した手紙を受け取ると
――差出人は『コレット』と記されていた。

なるほど。そりゃあ確かに急がせもするというものか。

一国の姫サマから個人宛に手紙が届くという事がどれほどの意味を持つか、俺にはピンと来ないが親父を急がせるくらいの効果はあるらしい。

やたらと満足そうに笑っているのは、奴も使えるカードが増えそうだ、とでも考えているのかもしれない。

まあ大国の皇女とコネクションが出来るともなりゃあ、手も揉むというものか。

乱雑に受け取った手紙の封を切る。そこにはあのコレットのイメージとは似ても似つかない、整然とした美しい字が並んでいた。

そこに眼を通すと――くつりと喉が鳴る。

「ど、どうしたんだ？　少しでいいから私にも内容を教えてはくれんかね」

泰然と構えているつもりなんだろうが、鼻の穴が広がっている。欲に忠実な人間は嫌いではないが、バルザクが大物になれるとは思えないな。

鼻を鳴らし、指で挟んだ手紙を差し出してやると、バルザクは危険物でも扱うかのように手紙を手にとった。

そこに書かれていたのは――

「と、共に学園に通える事を楽しみにしている……!?」

そう。俺とコレットは同い年。じきに貴族学園に通うのはアイツも同じ事だ。

コレットからの手紙には、親愛を示すメッセージと――数カ月後に迫った学園での再会を願う思いが綴られていた。

バルザクが俺を手元に置いておきたいばかりに学園へ通う許可を出していない、なんてのはコレットは知らないし、当然俺も学園へ通うのだろうと考えている。

さて、これを読んでバルザクはどんな反応をするのか。

小刻みに震えるバルザクが顔を上げると——

「素晴らしいじゃないか！　まさか大国コルオーンの姫君と個人的な友好を結ぶまでになるとは！　流石は我が娘のミレーヌだ！」

満面の笑み。欲にまみれた大人がすると斯くもという表情がそこにはあった。

予想外の表情に少々面食らう。

……まあ、メンツが欲の皮を着て歩いてるような奴だ。予想は出来て然るべきだったのかも知れないが。

「……で？　俺はどんな返事をするべきだと思うよ、親父殿」

だがそれは別に今始まった事でもない。

皮肉げに鼻を鳴らして、言外に聞くのは『学園』の事だ。

今までの親父殿のスタンスを考慮するのならば「学園にはいけません」と書いて送り返すべきだろう。

しかしそれをすればコルオーン王族とのコネクションが失われる。

「それは勿論、私もそのように考えている、と返すべきだろう。コレット姫に無礼があってはいけないよ」

それは、親父にとっては忌避すべき事だ。

自分が言っていた事をあっさりと撤回してでも、向こうの機嫌を取るのが優先というわけだ。

ここまで現金だと苛立ちも起きやしねえ。ちょいとばかしはあの女に同情してやってもいいか——なんて考えかけちまったのは腹が立つが。

「へえ、そりゃ結構だ。てぇことは、ワタクシは学園には行けるんで？」

「うむ。我ながら狭量な事を言っていたよ。娘の成長を願うのもまた親の役目、私も子離れ出来ない親を卒業しなければならないと思ったのだよ」

相も変わらず口だけはよく回る。面の皮が厚いと言うか、この節操の無さは、あるいは見習う所があるかも知れない。

生憎と不器用なモンで、他人の靴を舐めるような真似は俺には出来ないが。

「まあいいけどよ。……で、用ってのはこれだけか？」

「ああ、なにせコルオーンの姫君からの手紙だからね。これに勝る緊急の用事はなかろう」

とはいえ、それで学園に行けるっていうならそれはそれで悪くはねえ。

貴族の坊っちゃん嬢ちゃんが集まる学園という事もあって完全に自由とはいかないのだろうが、この『実家』から離れての寮生活というのは少々楽しみだ。少なくとも、今よりゃ静かになる事だろう。

「それじゃ、もういいか？　返事を書かなきゃならねえだろう」

「うむ、くれぐれも無礼の無いようにな」

「所詮はガキ同士の文通だろ。……が、仮にも他国の姫サマが相手だ、いくらかは気をつけるさ」

親父から手紙を取り返して、再びひらりと振ってみせる。

文通だのは趣味じゃあ無いが、学園に行けるようになった事には感謝している。礼を述べるくらいは問題無い。

親父の執務室を後にし、再び書斎へと向かう。その足取りは軽かった。

しかしまあ、前世じゃ俺も『ミレーヌ』もコレットに殺されたってのに、その仇のお陰で学園に通えるようになるとは、奇妙な縁もあったもんだ。

……よくよく考えてみると、コレットから個人的な親愛の手紙が届くくらいに仲良くなっているのなら、もう国の心配をする必要はないのではとも思う。

ミレーヌ自身の悪事は、中身が俺だという時点で国を傾けるような事は考えられねえし……意外と、この国の未来は明るいのかも知れない。

だがそれでも俺が俺らしく生きる為に、手札は多けりゃ多いほうがいいというのは変わらない。貴族の学ぶ魔導教育ってヤツを、出来る限り吸収してやるとしよう。

自分でもこれほど力を得る事に貪欲になるのは意外だった。が、こうして求めるほどに力を得る体を手に入れてみれば、逆にどれだけ力を得ても足りないとさえ感じる様になった。

これは根拠も何もありゃしない戯言に過ぎないが、案外欲深いのも『スルベリアの髪』の宿命なのではないかと思う。

歴代の髪の持ち主がどんなだったか、調べてみるのも悪くはないが――何にせよだ。まだまだ俺には力が足りねえ。いつか腹が満ちるまで、力と知識を貪欲に喰らい続けてやろう。

窓に映る少女が犬歯を剝き出しにして笑う。

ああ楽しみだ。そう呟いて、俺は一先ずの『恩人』に例の手紙を書く為に書斎へと向かった。

第五話　学園

　月日は流れ、一年後。十五歳になった俺はレーリエ領にあるペトゥレの家を離れ、大陸の中央にある『ゼルフォア魔法学園』へとやってきていた。

「おお……想像以上にでけえな……」

　その威容は、圧巻といったところである。

　金を持っている国が惜しげもなく金を使うとこんなにも立派なモノが出来上がるという、見本市というか。

　成金(なりきん)趣味にはあまりいい印象を持っていない俺だが、これだけ立派なものを見れば舌を巻くしか無いというのが現実だ。

　各国の貴族の子女を集めるというだけあり、この立派さも各貴族への配慮や、ゼルフォアの格を高めるなど色々と必要なものなのだろう。

　魔法学園への入学が決まってからというもの、今まで以上に修練に打ち込んできたが、魔術に関しちゃ前世で全く関わって来なかった事もあり、独学の域を出ない。

ペトゥレの家にある本は初心者向けから小難しいのまでひたすらに読み漁っていたが、独学もここらで限界という所まで来ている。

そういう意味じゃ、このタイミングは渡りに船であった。

バルザクは魔術に関しちゃ門外漢、代々親から地位をついできたというだけのぼんくらだ。専門的な知識を専門家に聞く事が出来る環境というのは、やはり力を追い求める上では避けては通れない場所だったと思っている。

その為にあれこれと面倒くさい手続きなども済ませるなど、様々な障害があったが、それらを乗り越えてここまでやってきたというのは感慨深いものだ。

今日の天気は——新しい門出を祝うような、なんて青くさい事を言うつもりはないが、気持ちのいい晴天だ。

何よりも、あのペトゥレの家を出てこられたというのが大きい。

煩いとはいえ好意を向けてくれるようになった使用人は兎も角、あの親父の下にいるというのは精神衛生上中々よろしくない。

いずれ出ていくつもりではある家だが、その予行練習というか、久々の独り身を満喫出来るのは単純に気分が軽やかになる。

「見ましたか、あの方ですよ」

「噂(うわさ)通りとは思えませんね。気品に満ちているように感じられますが……」

尤(もっと)も、静かな環境というのはまだまだ遠そうな気もしたが。相も変わらず『スルベリアの髪』は何処(どこ)へ行っても噂のタネだ。

イルタニアにとって特に重要なのは変わりがないが『才能の持ち主』が転じて『神に愛された者』という認識は他国でも変わりはしない。

大陸中の様々な国から貴族の子女が集まるこの学園においても、ミレーヌという人物が特異な存在である事に変わりはない様だ。

「しかし随分と乱暴者だとか」

「自らを神に愛された存在と吹聴しているという話も聞きますよ」

当然、その噂もよいモノばかりではない。

乱暴者というのは兎も角として『俺』はその様な事をホザいた覚えはない。むしろ神なんて存在がいるのならば俺の事は大層嫌っているのだろうとさえ思っている。

とはいえこの辺りは『ミレーヌ』が存分に公言していらっしゃったのだろう。……つくづく、ロクな事をしやがらねえ奴(やつ)だ。

今回の人生は何かと『ミレーヌ』がついて回るのかも知れない。しがらみや、幼い『ミレーヌ』の過去の悪事、そしてスルベリアの髪という特異な形質。一生これだと思うと少し気も滅入るが、しかし慣れてきたのもまた事実だった。

何よりもここに来たのは、噂ごときで縛られない〝力〟を手に入れる為だ。

貴族の甘ちゃんの言葉なんぞ、気に留めてる暇はない……のだが。

「ミレーヌ様！　お久しゅうございます！」

「ちっ……あらアルベール様。お久しぶりです」

少女と見紛う我らが王子が、人混みをかき分けて手を握りしめてくる。

周囲がざわめくと共に、一斉に視線が集まるのが分かった。

舌打ちをしながらよそ行きの笑顔を張り付けて〝王子〟に応対する。

「ああ、そんな他人行儀な話し方をなさらないでください！　ぼくとミレーヌ様の仲ではありませんか！」

「……二人ならば兎も角、ここには他国の方もいらっしゃるのですよ？　王族の方に失礼は働けませんわ」

「何を仰います。このアルベールはあの日からミレーヌ様の従僕です。この際です、この場の皆様にもミレーヌ様がどれほど偉大な方かを知らしめようではありませんか！」

「いい加減にしろよお前……お前がそんなだと国が舐められちまうって言ってんだよ……」

とち狂った事を言い出すアルベールを、淑女の笑顔を張り付けたまま叱責する。

俺が思うがままに生きるのを、誰にも邪魔させはしねえ。最終的にはそうなるつもりだが——今はそうもいかないというのが現実だった。

なんだかんだで王子という肩書きには爆発的な力がある。今の俺にはそれから抜け出すだけの力は無いようだ。

「……何やら、アルベール様を従わせているようだぞ」

「まさに信仰といった様子だが……彼女はどういう存在なんだ……？」

イルタニア教に詳しい人間ならば兎も角、それ以外の国の人間にとっちゃ王子が頭を下げる人間とは一体……と、困惑する事請け合いだ。

アルベールは兎も角、イルタニアが舐められるのは避けたいのだが、コイツはそんな事お構いなしで俺の事を崇めてきやがる。

最近は学園に関する手続きやらで忙しくて見ていなかったが、それでもその前の時点で大分剣の腕の方は出来てきたと感心していたのだが。

これはまた厳しい説教が必要かもしれない。人目を避けなければならない関係上、何時になるかはわからないが。

「おお……ここにいたか！　探したぞミレーヌ！」

そんな、ただでさえ頭が痛い状況に乱入する新たな悩みのタネが一つ。

「コレット様。お久しぶりですね」

「他人行儀だぞ。キミはいずれ私のモノにしてみせるが——今は対等な友人ではないか。壁を作って話してほしくはないな」

大国コルオーンの皇女コレットだ。

此方（こちら）に対しては、最早（もはや）笑みを保つことさえ難しい。対外的に、一国の公爵家の娘に過ぎない俺が皇女様にタメ口を利（き）くわけにはいかねえだろう。

「あのコレット皇女が対等な友人だと仰っているぞ……」

「ミレーヌ＝ペトゥレ・ド・レーリエ……一体何者なんだ……⁉」

そしてコレットの存在の大きさは、アルベールの比ではない。個人的には好感を持っているが、全くもってはた迷惑な存在である。

柔和な笑みを浮かべつつも、気配で威圧しつつ、俺はアルベールとコレットへと近づいていく。

「ハァ……分かるだろ？　お前も自分がどんな存在かわきまえろよ」

周りに聞こえないように声を潜めて、アルベール達に釘（くぎ）を刺す。

「そうですよ！　いくらコレット皇女とはいえ、あまりミレーヌ様を困らせないでいただきたい！」

アルベールは俺の言葉に加勢する。いや、お前がそれを言うな。

「アルベール王子。君も人の事を言えた義理ではないと思うのだが」

「ぼくはこれが正しくあるべき姿ですから良いのです。たとえ人前であろうと、ミレーヌ様に無礼を働くわけには参りませんから」

「ならば私のこれも公的なものだろう。この私が、ヒトの眼を気にする必要などあるはずもない。友人との会話くらい好きに出来て然るべきだとは思わないか」

イルタニアとコルオーン。この世界でもトップクラスの大国の王族二人が俺を巡って言い争いをしている。

控えめに言っても大ニュースだ。周囲の困惑は最早収拾がつかないところまで来ようとしていた。

もしかすると家に留まっていた方がまだ過ごしやすかったかも知れない。俺はまだこの二人の存在をどこか軽く見ていたのだろう。

「こりゃ退屈しないで済みそうだぜ……」

皮肉げに呟いてみせるが、笑みは苦々しく染まる。

暫くは、良くも悪くも噂の中心になる事だろう。

別に目立ちたくないとかほざくつもりはない。こんな身分になっちまった時点である程度は覚悟していたし、いざ身一つで暮らしていくとなれば名が売れていた方が何かと軌道に乗せやすいというのはあるだろう。

が、騒ぎの中心になるというのは煩わしいだけだ。やはり、静かな生活というのはまだまだ得難いものであるようだ。

現実逃避に視線を動かすと、此方を睨みつけるように窺う少女が目に入る。

少女は俺と目が合うと、びくりと肩を震わせて姿を眩ませる。

――まあ、アルベールやコレットも含めて、退屈だけはしなそうだ。

そもそも俺の目的は、俺の人生を誰にも邪魔させない事だ。ガキ共の噂一つ乗り越えられねえんじゃ、こんな場所に来る意味だってありゃしねえ。

邪魔する奴は全員なぎ倒す。牙を獰猛に剝き出して、俺は学園生活とやらに思いを馳せるのだった。

第六話　新生活

学園生活とやらが始まって、数日が経った。

結論から言えば、自分でも予想外だと言うほどには学園そのものを楽しんでいる。

教わる教科は様々で、世界情勢から魔法の知識まで非常に幅広い。マナーの授業は退屈だが、世界情勢なんかも役には立つし、魔法の授業は目的にしてきただけあってかなり身になると思っている。

魔法の対策には常に苦心していたものの、前の人生じゃ魔法が全く使えないという事もあり、使い方の方は学ぶ気さえも無かった。だが、いざ学んでみるとこれが中々面白い。

とまあ授業が楽しいのは当然の話だが、学園生活そのものも意外に悪くは無かった。

「ミレーヌ様！　お食事をご一緒してもよろしいでしょうか！」

「ミレーヌ。食事の時間だぞ。食堂へ行こう」

……王族二人が煩いのは相変わらずだが、根底に好意があるのが分かってりゃこれはこれで悪くはない。

決まった時間に寝起きして決まった時間に飯を食う生活というのも悪くはないし、にぎやかな食事も傭兵時代を思い出すので結構気に入っている。

学園生活を始める前はガキばかりで鬱陶しそうだと思っていたが、やってみると案外悪くないというのは意外だった。

「はい。今参りますわ」

猫被りを続けるというのは疲れるが、最近じゃそれも慣れてきた。

傭兵時代にはフリーという事もあって上下関係なんてあってないようなモノだったし、俺の敬語なんざ怪しいモンだが、続ければ嫌でも習慣になってくるものだ。

そんな訳で、自分が思っていた以上に面白おかしくやっている。元々集団生活というのは傭兵時代には珍しくもない事だったし、やろうと思えば案外適性はあったのかも知れない……なんて思う。

尤も、ガキが鬱陶しいというのは変わらない事ではあったが。

ひそひそと聞こえる噂話に王族二人が鼻を鳴らす。

「ふん、そろそろ珍しい光景でも無いと気付いてもよいと思うがな」

「仕方ありませんよ。皆さんはまだミレーヌ様の事をよく知らないのでしょう」

コレットの侮蔑に、辺りに満ちていた声は一瞬で静まり返った。

甘ったれた貴族のガキ共でも、大国の王子と皇女相手に陰口を叩く気概は無いらしい。

学園生活が始まって数日が経ったが、相変わらず俺は噂の中心にいるようだった。

この年頃のガキというのは、身分なんぞ関係なく噂話が好きらしい。王族二人と常に一緒に行動している俺に対して、あれこれと好き勝手言っている奴もいるようだ。

が、そんなのは所詮はガキ同士の雑談だ。何かあっても実害が出てからシメてやれば問題ない。

去り際に大きく鼻を鳴らすコレットに苦笑しつつ、食堂への道を行く。

その最中、向かいから歩いてきた男子生徒が何かに気づいたように驚いた顔をした。

「あ……この間はありがとうございます、ミレーヌさん！」

そして、深々と頭を下げてくる。

一体何があったんだと記憶を探ると思い当たる節があり、顔を顰めそうになるのを必死でこらえる。

「……いえ、お気になさらず」

僅かな間のあと、俺は広げた手を小さく振ってそう返した。

ずっと頭を下げ続けていた少年を、コレットが怪訝な眼で見やる。

「ミレーヌ、あれはなんだ」

「少しご縁があっただけですわ。お気になさりませんよう」

コレットの質問に、俺は憮然として答えた。

一々言うほどの事でも無いと思ったし――

「おい。お前、ミレーヌと何があった？」

「情けない話ですが、この前上級生に絡まれているのを助けてもらったんです！　一回り以上も大きさが違う上級生に気負う様子もなく、向けられる魔術をひらりとかわし……！

それはもう美しいとしか言いようがなく！」

それを言うのも小っ恥ずかしかったからだ。

コレットに凄まれた少年が、英雄の詩でも吟ずるかのように高らかに語る。

「ほお～？　随分とお優しい事ではないか」

俺に助けられた、という少年の言葉に、コレットは愉快そうに目を細め、笑っている。

……仰るとおりだクソったれ。傭兵エンヴィルがイジメられてるガキを助けるなんて、与太話にもなりゃしねえ。

「へえ、コレット皇女はご存じないのですか？　ミレーヌ様はお優しい方ですよ」

「優しいと言っても色々あるだろう。ああいう手合いには、ミレーヌは腹を立てると思ったが」

訳知り顔のアルベールの言葉に眉を吊り上げながらも、隠そうともせず言外に意外だと言うコレット。

だがそれは自分自身意外だった。自分のケツも拭けないガキの面倒を見るなんざらしくねえとは思っていたのだが、今回はむしろ力を振りかざす上の学級の貴族に腹が立ったのだ。

要は腹の虫の居所が変わっただけという話だとは思うのだが、我ながら丸くなったもんである。

「それだったらぼくは臣下として認められていませんよ。ミレーヌ様は正しく伝説の戦乙女の様なお方です」

「好き勝手言ってんじゃねえよ。王子って自覚は持てと言ったろうが」

周りに誰も居ないのを確認してから、ここぞとばかりに俺の臣下であるとアピールするアルベールに拳骨を落とす。

「いだいっ！　で、でも……」

「でもも何もあるか」

言っても分からないのならば拳が出るのもやむなし、というのが最近学んだ事だ。

いや、これもおそらくは正しくはないのだろう。拳骨に涙を浮かべつつも、何処か嬉しそうにしているアルベールを見ると、本格的に国の将来が心配になってくる。

バカは矯正出来なくても最低限トップに立つ男の自覚ってヤツくらいは叩き込んでおきたいのだが。

そんな空気を引きずったまま歩いていると、周囲の生徒がクスリと鼻を鳴らす。『また尻に敷かれている』とでもいった所だろうか。

これが嘲笑だと大問題なのだが、幸いこの光景は一年生の風物詩として微笑(ほほえ)ましいものとして受け入れられていた。

俺を取り巻く噂だが、こういう空気を見ているとどうも悪いものばかりでもないようだった。イジメられているガキを助けたりといった気まぐれが好意的に受け入れられた結果なのかも知れない。

食堂へとたどり着いて、開放されたドアから中へ入る。

「ミレーヌさま！　この間のお礼に街でお菓子を買ってきたのです。受け取っていただけますか？」

すると俺の姿を見つけた女子生徒が駆け寄ってくる。

この間——というのは、捜し物を一緒に捜してやった時の事だったか。

「ええ、後でいただきますわね。ご厚意に感謝したしますわ」

「ふふ、お礼にお礼を仰られても困ります。それでは私はこれで。アルベール様、コレット様、ご一緒の所を失礼いたしました♪」

可愛らしい袋を手渡すと、女子生徒は去っていった。

小っ恥ずかしさから頰を掻くと、アルベールが目を輝かせ、コレットが愉快そうに口角を歪めているのが目に入る。

本当にやり辛い。

「はあ……早く昼食をいただきましょう？」

「はい！」

「ああそうだな」

こいつらにからかわれるくらいなら気まぐれもやめにしようかとは思うのだが、意外に性分なのかも知れない。見れば放ってはおけない、というのは余裕の成せる技だろうか。

傭兵をやってる頃にはそんな事もなかったのだが。人間わからないものだ。

……なんだか、隠居を考えてるジジイみたいな思考だなと、自分がおかしくなる。

俺がミレーヌと呼ばれるようになってから、まだ五年かそこらしか経っていない。元の年齢と合わせてもとてもそんな歳ではないはずなのだが。

とはいえ丸くなるのは悪い事でもない。傭兵としちゃ冗談にもならないが、争い事なんか無いに越した事はない。

健全で豊かな生活をしているもので穏やかになるのだろうか。なんて考えるのは、昼食が豪華だからかもしれない。

トレイで配給される食事は、毎日品を替えつつも非常に丁寧に作られており、とても豪華だ。

配給を受けて席へ着く。今日のメインはムニエルだ。バターの香りを嗅ぐと、自然と頰が緩む。

「ふふ、ミレーヌは毎食嬉しそうにするな」

愛おしげに頰を緩めて、コレットが微笑む。

「それはそうでしょう。食事は必ず摂らねばならないものですが、食べられるのが当たり前というわけではありません。こうして毎日美味しいお食事がいただけるのは、ありがたい事です。こういったお話は、軍事で有名なコルオーン帝国の姫であるコレット様の方がよくご存じなのではございませんか？」

「ん、それはそうだ」

これればかりは真面目に答える。

傭兵なんかやっていると食糧のありがたさは骨身に染みている。兵士だって人間だ、メシを食えなきゃ動けない。

　軍隊を率いる立場なら、兵糧の重要さを無視する事は出来ないだろう。

　食えるだけでも上等だってのに、それが毎日手の込んだ料理を食えるってんなら、こんなにありがたい話はない。

　そもそも味なんかを気にする事が出来るのは、余程恵まれていないと出来ない事だ。

「なるほど、勉強になります。日々の糧に感謝する事も重要なのですね」

「こうして食事を出すまでにも、食材を育てている方から、品物を運び、料理を作る方まで、大勢関わっておりますから。そういう意味でも、一食ごとにしっかり感謝いたしませんと」

　俺の言葉にしきりに感心しながら、アルベールはこくこくと頷く。

　……コイツが将来『あの未来』を実現しない事を祈るばかりだがな。

　言いながら、俺は食事を開始する。

　腕利きのシェフが腕によりをかけているという料理の数々は、どれもこんな食堂で無感動に供されるような料理ではない。お高いレストランで出されるような品々だ。

「相変わらず、ここの料理は美味しいですわね」

「本当ですね。シェフの腕が良いと聞きますが、その通りみたいです」

そしてそれは、舌の肥えた王族の口にも通用する。

大量に作るからこそ妥協せざるを得ない部分もあるのだろうが、その上で合格点を超えていくのだ。並大抵の事ではない。

俺の味を表現する言葉なんざ『美味い』と『不味い』の二種類にちょいと足したくらいのものしか無いが、これは美味い方でもかなり上に位置するものだ。

いつかはここの料理人が思う存分に腕を振るった料理を食ってみたいモンだ、なんて思いつつ食事を進めていく。

そうして、締めくくりの小さなデザートを一口にした、その瞬間だった。

「もし、少々いいかい」

何やら気障な声が、頭上からかけられたのは。

声のした方へと振り返る――するとそこには、やたらと長い茶髪のガキが立っていた。

ガキとは言っても、襟章の色を見れば上の学級――先輩という事になるのだろう。緑の襟章は、最上級生である三年生のモノだ。

三年生とかかわり合いは無かったはずだが。無感動にチャラついた男の顔を見ていると、周囲がざわめきだつのが分かった。

「何か御用でしょうか？」

「おお、噂通り随分な態度だね。中々面白いじゃないか、なあ？」

その傍らには、顔に傷の手当ての跡が見える生徒が控えていた。

気障な男の呼びかけに肩を震わせた男の襟章は青。二年生のものだ。

よく見れば、その顔にはおぼろげながら覚えがあった。恐らく、この数日で俺がぶっ飛ばした上級生のウチ一人だろう。

「こんな女にいいようにやられたのか？　この恥晒しめ」

「……！　す、すいません、ウィリアムさん……」

顔の傷は、俺が与えた物ではない。

派閥の人間が小娘一人に舐められた制裁といった所だろう。

「……ミレーヌ様の質問に答えが返っていませんが？」

目の前で行われるやり取りに不快さを感じたのだろうか。アルベールが剣呑な空気を含ませ、咎める。

ウィリアムは笑ってはいるが、好意的な態度は見えない。そこに敵意を感じ取って、牽制をしたのだろう。

「その必要は無いんだよアルベール王子。下級生の問いに答えを返す必要はない。この学園では元の立場は一旦忘れると、校則にも書いてあるだろう？　私は君達の先輩に当たる人間だよ。態度をわきまえてもらわなきゃ困るな」

　が、男は鼻でそれを笑い飛ばし、大仰に手を広げて見せた。

　無用なトラブルを避ける為だろう、各国から貴族の子女が集まるという事で、学園に通う間は元の立場は忘れるという校則は、確かにある。だが一年の生徒のアルベールやコレットに対する態度を見れば、その校則は体裁上のもので機能していないのは明らかだ。

　この男は、明らかにのぼせ上がったバカである。コレットが苛立ちに眼を細めるのを見て、俺は心中でため息を吐き出した。

「……それで？　そのセンパイが私に何の御用ですかと聞いているのですが」

　いくら生徒の全員が貴族だとは言っても、こういう手合いは必ず出てくるもんだ。いやむしろ貴族だからかも知れない。上級生の威張り散らし方は、それはもう生き生きとしていらっしゃった。

「それは勿論、君のような有望な後輩に『指導』をしてやる為だよ。聞けば随分跳ね回っているとか――痛い目を見ないうちに、より実戦的な魔術の使い方を叩き込んでやろうと思ってね」

　そしてそんな奴らが大手を振って歩く為の言い訳というのが、この『指導』という言葉だ。

生徒同士の喧嘩(けんか)は固く禁じられているが、どいつもこいつも後ろ暗い事をしようって奴はこういう時だけは頭が回るってのは何処(どこ)もかしこも変わらない。

要は、指導という名目のもと生意気な下級生を痛めつけてやろうというわけだ。

周囲がざわめいていたのも、それを知っていたからだろう。

「ほう、吼(ほ)えるじゃないか。貴様は何処の誰だ？」

腕を組んで殺気を隠そうともしないコレットが鋭い瞳を向ける。

「スティレッダのウィリアムだ。私の父は元帥でね、腕には覚えがある」

『コルオーンの皇女』の言葉に僅かに息を詰まらせながら、その三年はウィリアムと名乗った。

「ククッ」

その名を聞いて、ついつい笑いが漏れる。

「……何か笑う所はあったかな？」

前髪を掻(か)き上げながら、気障ったらしく格好を付けるウィリアムだが、俺は可笑(おか)しくて仕方がなかった。

元の立場を忘れるなどと語っていながら、王族の前で元帥の息子だのと誇ってみせたのも大概滑稽だが――

俺が笑ったのは何よりも、スティレッダという国の名前が、未来に存在していなかったからだ。

何年後の話か正確には覚えていないが、その国は、いいやその土地は未来では名前を変えている——コルオーン領の、一部として。

前の歴史でも、恐らくは登場人物を少しだけ変えて、こんな事があったのだろう。このコレットという女は、舐められた事だけは忘れない奴だ。

「いえ。それではお願いいたしましょうか。実戦的な魔術の使い方というものを、ぜひご教授いただければ幸いですわ」

結局の所、校則なんてそれほど機能しちゃいないってワケだ。

それが面白おかしくて、笑い半分にご提案を受けてやる。俺の舐めきった態度が伝わったのだろう、ウィリアムは喧嘩を売った側にも拘わらず顔を赤くして震えていた。

「校庭に来たまえ。そこで稽古を付けてやろう」

それだけ言って、ウィリアムは去っていった。さて、受けたからには顔を出さないと格好悪いのは俺の方になっちまうな。

周囲の反応は様々だ。心配そうに俺を見るもの、ざまあ無いと笑みを浮かべる者。感情の色は正反対だが、どちらも俺が勝つとは思っていない故のものだ。

随分信頼のない事だとは思うが、これは仕方ない。魔術を中心に教える学園というだけあり、学年の違いはそのまま力の差になりやすいからだ。

上級生の方が多くのものを学んでおり、長く鍛えており、そして単純により歳を重ねている。若いウチはその差は顕著なものとなるだろう。

「ふん、奴は幸運だな」

「ええ。ミレーヌ様のお食事の邪魔はしませんでしたからね」

が、アルベールとコレットの反応は周囲の生徒達とは真逆のものだった。

即ち、俺の勝利を信じているというわけだ。

「そういうわけですから、私は校庭に向かいますわ。どうせ、一緒に来られるのでしょう？」

「食後には良い余興だな。見に行くとも」

「ミレーヌ様の勇姿が見られるのですから、当然お供いたします！」

半笑いのコレットに、目を輝かせるアルベール。いつもの二人だ。

なんだかんだで気が合いそうな気もするのだが。

こいつらが仲良くなってくれりゃいくらか国の将来を憂う気持ちもなくなるんだが、まあいい。

「へっ……てめえらも好きだな。付いてきたいなら勝手にしな」

周りに聞こえないように小さく、そう告げる。

アルベール達に言いながらも、結局こういう荒っぽいのは嫌いになれねえ。丸くなったとは言っても性分は変わらないようだ。

食器を下げた俺は、意気揚々と野郎の待つ校庭へと向かうのだった。

◆

「やあ待ちくたびれたよミレーヌくん」

校庭へ行くと、何処からウワサが広まったのやら、結構な数の野次馬が俺と奴の『稽古』を見学しに来ているようだった。

見覚えのない顔ぶれが多い事を考えると、上級生が多そうだ。俺はどうも生意気だと有名だそうで、跳ね返りが痛めつけられる所を見に来たのだろう。

俺が歩を進めると、野次馬はニヤつきながら道を空けていく。

「ウィリアムが相手なら、アイツも今度ばかりはダメだろう」

「いい気味だ。少し見目がいいからと調子に乗ったバツだな」

果たして、俺の予想は的中していたようだ。が、どうもこいつらの予想は下級生対上級生という絵面ではなく、ウィリアム本人を判断の材料にしているようだが。

という事はいくらか腕は立つのだろうか。

「さあ武器を取り給え。君は剣を使うと聞き及んでいる」

ウィリアムと向き合って立つと、先程連れられていた二年の男が木剣を持ってくる。

ソイツを受け取り、軽く叩くなどして二、三調べる。どうやら細工の類は無いようだ。

必要が無いと思っているのだろう。俺としちゃ、それくらいはしている方が好感が持てるのだが。

剣を渡した生徒が、そそくさと野次馬の中に紛れていく。フクロにするつもりなんかも無いようだ。

自信満々に、ウィリアムが手を広げる。

「さあ、では始めようか。何処からでも打ち込んでくるといい！」

飽くまでもこれは指導なんですよ、というポーズも崩さない。

妙な所だけ用意が周到というか。出来る事なら『勝ってから』よりも『勝つまで』を頑張ってくれりゃもう少し楽しめたんだが。

「では遠慮なく参りますわ」

柔和な笑顔からの赤子を慮るような声に、ウィリアムは一瞬だけ間抜け面を浮かべた。

その瞬間に、俺は瞬発的な踏み込みをみせる。

「ハッ……がっ⁉」

そして、間合いを詰めてウィリアムの右手をぶっ叩いた。

鈍い音が響く。その気になれば叩き折るどころかたたっ斬る事も出来たが、飽くまでもこれは『稽古』だ。そこまでするわけにはいかない。

「あら、『油断大敵』と身をもって教えてくださっているのですか？」

「きっ……貴様！」

これまた敢えて、嘲笑する。

舐め腐ってくれているバカを茶化す目的もあるが、怒らせるのも目的だ。

怒りは攻撃を単調にする。どんなに高い技術を持っていても、大きな力を持っていても、怒りという錆は容易に刃を潰す。

反面、怒りの引き出す力というのもあるのだが。

ウィリアムの持つ剣に、稲妻の魔力が満ちる。生身で受けるのは少々危険という力だ。

「るああっ！」

怒りに身を任せた稲妻の剣が振るわれる。

が、ただ攻撃力が高い魔力の剣での攻撃という事ならば、普通の剣で切りつけられるのと然程変わりはない。俺はその横薙ぎを、小柄を活かす事で屈んで避け、ウィリアムの腹部へと蹴りを見舞った。

「ぐふ、げぇっ！」

ウィリアムが魔力を纏ったのが分かったので、蹴りも少々強めだ。男の体が宙を舞い、地面へと叩きつけられると校庭の芝生をなぎ倒しながら滑っていく。

「ごっほ！　ぐおお……！」

四つん這いになって激しく咳き込むウィリアム。

恥辱と驚愕、そして憎悪が入り混じった視線が向けられて、俺は懐かしさを感じていた。

前世でさんざん見てきたモノだ。見下していた相手から手痛い一撃を貰った奴らの顔。子供でも大人でも、それに変わりはないらしい。

「き、貴様ぁ……！」

吐き出した胃の内容物を口の端から垂らしながら、なんとかといった様子で呪詛を吐き出すウィリアム。

この期に及んで悪態を吐く余裕があるとは大したものだ。そんな事をしている間に少しでも呼吸を整えて立ち上がった方が良いと思うのだが。

寝てりゃあ攻撃されないというルールがあるとでも思っているのだろうか。だとすれば随分と甘えた認識だ。

「どうでもいいのですが……立ち上がらなくてもよろしいので？」

「ッ舐めやがって……！」

気障な言葉を言う余裕は無いようだ。足を震わせながらも立ち上がる気概は嫌いじゃあねえが。

俺に言わせりゃ、この場での正解はおとなしく降参しちまう事だと思う。命までは取られねえという保証もある。余計な怪我を避けられる贅沢オプション付きだ。

「まだお続けになりますか？」

「は、ハハッ！　たった二回攻撃を当てただけで、もう勝ったつもりか⁉」

だがこの男、分かっちゃいたが中々おめでたい頭をしているらしい。余裕綽々でよそ見をしてみれば、コレットが肩を竦めていた。

――その二回とも、殺そうと思えば殺せていた事に気がついていないのだ。見る奴が見れば気付いているかも知れないな。俺はまだ、魔力を使っていないという事に。

俺のよそ見に腹を立てたのだろう、歯を食いしばったウィリアムが手をかざす。

「サンダーニードルッ！」

そして、その魔術の名を叫ぶ。

俺はそれよりも先にその場を跳び退いていた。

雷の魔術は速度に優れる魔術だ。未熟な奴の魔術でも、発射されてしまえば俺でさえ見切る事は難しい。

「なっ、なにっ⁉」

が、発射前にその照準が何処を向いているかを知っていれば、避ける事は容易い。

当たった所で魔力を纏ってりゃ大したダメージは無いのだが。

「な、なあアレ……」

「あ、ああ……あの女、魔力を使って無くねえか……？」

観客の一部もぼちぼちと気づき始めたようだ。

「大きな魔力を持つ『スルベリアの髪』の持ち主だろ？ 魔力が少ないって訳じゃないよな……」

「じゃあ、もし魔力を使ってたら、もっと一方的な展開になってたんじゃ……」

困惑がざわめきを呼んでくる。その一部が大きくなって、ウィリアムの耳にも届いたのだろう。その顔が紅潮する。

「何処(どこ)までも舐めやがって……！」

放たれる雷の針がその密度を増す。が、結局は素早く攻撃を放っているというただそれだけだ。手の先を見ていれば、何本放たれようが変わりはしない。

とはいえ込められた魔力は中々のモノだ。元帥の息子というだけはあり、それなりに訓練を積んでいる事が窺(うかが)える。まあ、これも当たらない限りは意味のない事だが。

「何故(なぜ)だ、何故当たらない……っ」

その顔に焦(あせ)りが混じる。怒りで単調な攻撃が、更に粗雑なものへと変わっていく。

俺はその弱さが取り付いた瞬間を見計らい、一気に前へと歩を進めた。

「あ、あああぁッ！」

そして表情が移ろいゆくは恐怖へと。

お決まりの幾つかのパターンのうちの一つだ。最早(もはや)、攻撃を避ける必要さえ無かった。

ウィリアムの魔術は、俺に狙いを付けることさえ出来ていない。

そうして懐(ふところ)に潜り込んで――

「げっぽぉ！」

腹部へと拳を打ち込んだ。

ウィリアムの体が折れ曲がり、膝から崩れ落ちる。

ダメージが残っている所に二発目だ。そうとうキいたはず。

そのまま倒れこんだウィリアムが、針金をねじるように、ゆっくりと地面をのたうち回る。

「な、なんて奴だ……！　一年が……！」

「魔力も使わず、ウィリアムに……」

訪れた静けさに、呟きが響き渡る。

いいのを入れた。加減はしちゃいるが、弱い者いじめがご趣味の坊っちゃんが立ち上がれるようなダメージでは無いだろう。

「糞が……！　一年が舐めやがってえ……！」

ゲロを吐きながら、怨嗟の視線を向けてくるウィリアム。

随分とまあ嫌われたもんだが――その態度には、少々違和感を覚えた。

見た所、こいつは弱い者いじめが趣味ですっていうクソ野郎だ。

その割には、妙に根性があるというか――こういう手合いはいいのを貰えば一発で黙ると思ったんだがな。

腹を押さえてなんとか立ち上がるウィリアムの目には、度を超した殺意が混じっていた。

いくらコケにされたとはいえ、貴族の坊っちゃんが本気で他国の貴族を殺そうとするのは不自然だ。

俺は、この目つきを見たことがある。これは、末期のイルタニアに蔓延っていた狂人どもとまるきり同じものだ。

そういう意味じゃ『ミレーヌ』に向けられるには正しいモノなのだろうが——

解せない思いで出方を窺っていると、明らかに苛立ちから雑になった手付きで、ウィリアムは自らの懐を探る。

そして何やら小さな紙の包みを取り出すと——

「はっ、ははっ！」

その中身を、口の中へと流し入れた。

あれは……粉薬、か？　遠目にはよく見えないが、少なくとも何かを口に入れているというのはわかる。

「ふうー……痛みが、収まってきたぞ……よくも私をコケにしてくれたね。貴様は、もう謝っても許さない……」

何かを飲み込んだウィリアムは、明らかに血走った眼で此方を睨みつけて来る。

……なんの薬にしても、ロクなもんじゃあねえな。衆目の中で怪しい薬を飲むとは、随分後先を考えない奴だ。

それだけ、本気で俺を殺すつもりという事だろう。

薬を飲んでから、ウィリアムの魔力が増しているのを感じていた。

ガキの魔力じゃあない。エリートが研鑽を積んだ結果得る力——ポールなんかと比較しても、上を行くってくらいの魔力だ。

魔力を回復する『霊薬』はあるが、増幅するというのはあまり聞いた事がない。

「殺す……殺してやる……バカにしやがって……！」

明らかにイっている。

魔術は心の高ぶりで威力を増すという性質もあるが、コレは度を超えている。

ウィリアムの手に、雷の魔力が集う。

魔力は球体を形成していき、あちこちへと稲妻を走らせている。間違いない。完全に俺を殺すつもりでいやがる。

「お、おい……あれは流石に不味いんじゃないか……？」

「誰か止めろよ……！　殺しはヤバいって……！」

他国の貴族の子女を殺したら大問題だ。

そのコトの大きさに観客達が騒ぎ始める。

くそったれ。面倒事はゴメンなんだがな。

「『サンダーボール』だ！　死ねッ！　ミレーヌ＝ペトゥレェェッ！」

ウィリアムが手に生み出した雷の球を突き出すように翳し、そして解き放った。

迫る電撃の球は、馬車の車輪ほどの大きさだろうか。そこに込められた力が炸裂すれば、一瞬のうちに雷の魔力が体を駆け巡り、人間は芯から黒焦げになるだろう。

訪れるであろう結末に、観客が悲鳴を上げる。俺の事を心配している奴はそう多くないだろうが、イルタニアの有力貴族の娘を殺してしまえば世界情勢は一気に悪化していくだろう。そうなれば、戦争もありえない話ではない――

……まあ、これが当たればの話だが。

迫る電撃の球を前に、俺は手に魔力を集めた。

それを投球の様な動作に乗せて放つ。

『エナジースフィア』と呼ばれる魔法の技術らしいが、名前なんざどうでもいい。

俺の手から放たれた光球は、手を離れると急激に膨らみ、成人男性を呑み込むほどの直径まで膨れ上がった。

馬車の車輪程の大きさの電撃球を呑み込んだエナジースフィアは、その大きさを全く変える事無くウィリアムへと迫り――

そして、大きく上に逸れていった。

光球がある程度まで上空へ飛び上がったのを見て、俺は手を握る。それを合図として、エナジースフィアは天が割れる様な音を立てて爆発した。

「わあああぁッ⁉」

「無茶苦茶だアイツ！」

その巨大な爆音に、観客達の間にパニックが巻き起こる。

呆然と爆発を見上げたままの姿勢で固まるウィリアム。

俺は歩みを進め、ウィリアムの胸ぐらを摑む。

「なっ、何をする⁉　汚らしい手を放せッ！」

血走った眼で暴れるウィリアム。

ダメだこりゃ、完全にイッちまってらあ。

だがどう見ても弱い者いじめが好きな小物って奴が本気で殺意を抱くというのはやはり不可解だ。

「ま、いいか。ちっと眠ってな」

囁くように呟き、握り固めた拳を振り上げる。

「貴様ッ！　私を誰だと思ってブッ⁉」

頬に一発、固めた拳をぶち込むと、それきりウィリアムは動かなくなった。

あまりの事に考えが追いつかなくなったのだろうか？　いつの間にか、観客たちは押し黙り静寂が訪れていた。

ゆっくりと周囲を睨めつけると、半数ほどの生徒が目を逸らす。目を逸らしたのはおそらく、先程俺の敗けを願ってヤジを飛ばしていた奴らだろう。

中にはコイツの『お友達』もいたのだろうが、ウィリアムの仇討ちを果たそうという気概のある奴はいないようだ。薄情な事だと思うが、もしかすると戦争の引き金になりかねない様な奴の肩を持つ奇特な奴もそういないのだろう。忌々しげに鼻を鳴らして、アルベール達の下へと向かう。

「お疲れ様でした、お見事です、ミレーヌ様！」

「流石だな。奴がいきなりお前を殺そうとした時にはどうなる事かと思ったが――まるで問題にならないか」

二人が称賛の言葉で迎える。

「ふふ、こんなのは食後の運動に過ぎませんわ」

衆目の中、外行きの笑顔で言うとアルベールから拍手が飛んでくる。

思わぬ展開になってしまったが、食後の運動にしちゃ中々楽しめた。見ればまばらに帰っていく野次馬共が目に入る。

予想外の出来事があったが、おかげで俺の学園生活とやらも少し静かになりそうだ。気に入らねえと突っかかって来られるのは前世で慣れている。少し力を見せてやれば、その手合いの殆ど(ほとん)が首を引っ込めるという事も知っていた。

これでまた真面目に勉学に励む事が出来る。優等生ってヤツを目指してみるのも一興か——なんて思う。

「ミレーヌくん！　また貴女(あなた)ですか！」

と、思った所に男性の声が響き渡った。

「げ……ペールマン！　……先生」

声の方を向けば、人混みを割って此方に向かってくる白髪交じりの中年が見える。

奴はペールマン。俺達のクラスの担任だ。

かけた眼鏡(めがね)の奥の瞳は常に柔和さを湛(たた)えており、学園でも優しいと評判の教師——だが、俺へと向かうその顔には、そんな評判などでっち上げだろうと思わせる怒りの表情が浮かんでいた。

ペールマンを語る上で『優しい』という表現は似つかわしくない。正しくは『優しくも厳しい』だ。この学園に入学してからというもの、俺の周囲では常に何かが起こってきた。

その騒ぎを最終的に収めるのがこのペールマンという男なのだ。

俺も、コイツには立場上頭が上がらない。思わず、素が出かけたというほどに。

「ぺ……ペールマン、先生。ご機嫌よう……」

「ご機嫌よう、ではありません！　貴女はまた上級生をイジメて……！」

最初の頃は懇切丁寧にお嬢様言葉で対応してればなんとかなったのだが、こうも頻繁に問題に関わっていると俺の方にも難がある、と判断したようだ。

「ミレーヌくん！　あれほど喧嘩はよくありませんよと言ったでしょう！」

「え、ええ……はい……覚えております……」

今じゃ、被った猫も通用しやしねえ。火山が噴火するかのような勢いでまくしたてるペールマンの勢いに押されると、どうにも強く突っぱねる事が出来ないのだ。

「放課後、生徒指導室へ来なさい！　今日という今日は、きつく言わせていただきます！」

「お待ちください。ミレーヌは降りかかる火の粉を払っただけです」

「そうです！　ミレーヌ様から仕掛けた事なんてありません！　全て上級生達に問題がある事ではありませんか！」

だがこの喧嘩は俺が売ったわけではない。

それを知るコレットとアルベールが俺を庇う――が。

「そんな事は分かっていますとも。……ですが、教師の立場としてはどうしても争いそのものを回避していただくという観点でお話をするしか無いのです。この世界から争い事を無くす一助になるようにと、各国から貴族の子女をお預かりする我が校があるのですから」

ペールマンもそんな事は分かっている。分かった上で、何かと荒事の中心にいる俺に釘(くぎ)を刺しに来ているのだ。

「……まあ、これで皆さん少しは静かになられるでしょう。私だって、そう毎日暴れたいわけでもございません」

だからこそ俺も強くは出られねえわけだが。

今の所この教師は嫌いじゃあない。

その理由の一つとして、恐らくこの男かなり『やる』というのがある。

表面では柔和な表情を常に湛えているが、ペールマンから感じる落ち着いた魔力は、魔力の扱いに慣れ幾つもの修羅場をくぐってきた者がその身に秘めるものだ。

流石は貴族学園の教師といった所なのだろうか。その経歴については謎だが、そんな男が生徒から『優しい先生』として信頼されているというのは興味深かった。

能ある鷹(たか)が爪を隠すというのは結構好みだ。心底嫌っていたら罰だなんだは知った事かという所だったんだが。

「それでも納得がいかんな」

「ぼくもですけれど、ミレーヌ様がそう仰るのでしたら……」

だがそれでも謂れのない説教には思う所もある。こういう時には、こいつらの様な存在をありがたく感じた。別に誰かに認められたい、誤解されたくないだのと言うつもりはないが、理解者の存在はありがたいものだ。

「ふう……良いお友達を持ったものですね。……少々待っていてください」

ペールマンが手の動きで俺を留め、ウィリアムの傍へと寄っていく。

状態を確かめているようだ。首や鼻に手を翳し、何やら神妙な顔つきをしている。

「……ふむ、気絶しているだけですね。頬は腫れるでしょうが、これならば問題ないでしょう。一応冷やしておくだけはしておきますが……」

ひとしきりウィリアムの様子を調べると、ペールマンは氷の魔術を使って生み出した氷をハンカチに包み、氷が頬に当たるように優しくウィリアムに結びつける。

感心から「ほう」と小さく声が漏れた。

氷の魔術ってのは水の魔術を発展させたものだと聞く。発展型の魔術はその出力が大きくなりがちだと言うが、ここまで繊細に扱えるのはよほど熟達している証拠だろう。

流石に、魔法学園の教師を務めるだけはあるというわけだ。

「……まあ、私だってミレーヌくんが好き勝手に暴れているわけではないというのはわかっています。これで加減はしているようですしね。……立場上、お小言は言わなければなりませんが、悪いようにはしませんよ」

柔和に微笑んだペールマンの言葉に、アルベールとコレットの表情がぱっと明るくなる。

その後、ウィリアムに視線を戻したペールマンは先程奴が取り出した包み紙を手に取り、胸ポケットにしまってから立ち上がった。

……まあ、明らかに怪しいクスリだったからな。学園側としても調べざるを得ないのだろう。

気がつけば、校庭にあれだけいた人だかりは殆どが消えていた。

どうもウィリアムとやらは三年の中でも出来る方……いや、顔がでかい方と言うべきか。

ともかく幅を利かせている奴だったらしい。

頭とまではいかないのだろうが、それなりに名のしれた奴がこのザマとあっては、他の奴らもいくらか静かになる事だろう。

――なんだかんだと、周りが煩い事には変わりない。

「では、そうと決まったら教室に移動しなさい。もうそろそろ昼休みも終わりますよ」

「それはいかんな！　急ぐぞミレーヌ、アルベール王子」

「貴女が仕切らないでくださいよ。行きましょう、ミレーヌ様！」

が、不思議と悪い気はしないのだった。

もしかすると――こういうのは煩いというのではなく、にぎやかだと言うのかもしれない。

いや、どうだかな。

鼻を鳴らす自分に気がついて、俺は口角を上げるのだった。

第七話　不穏

学園生活が始まって一ヶ月が経過しようとしていた。

この頃になるとすっかりと新しい生活様式にも慣れてきており、何度かペールマンに怒られるという出来事をはさみつつも、最近じゃ俺に盾突く奴も影を潜めてきた。

「あっ……こ、こんにちは！　ミレーヌさん」

「へへ、きょ、今日もお美しいですね……！」

「ふふ、ありがとうございます」

まあ、二年生だと大体こんな感じである。おべっかを使われるのもあまり気持ちの良いもんでもないが、傭兵(ようへい)時代はよく見た慣れっこの態度だ。ある意味では昔懐(なつ)かしいというか、違和感は覚えないというか。

言葉遣いや態度はお嬢様らしいものにしているが、適当に返すのも慣れたもんだ。

「ふふ、すっかり二年生にもミレーヌ様の威光が届き渡りましたね！」

「うむ。何か人を統(す)べる天性のようなモノを感じるな」

「あまり持ち上げないでください」

とはいえ素で持ち上げられるのも小っ恥ずかしいものだが。

こいつらは一体俺をどのようにしたいのだろう。コレットはやがて部下として手に入れようとしている者にハクがついて嬉しいのか？　アルベールは……わからない。神にでも祀り上げようとしている気がしてある意味ではコイツが一番恐ろしい。

アルベールに関しては問題だが、コレットとのこの距離感は悪い気はしない。

とまあ、友人達との付き合い方には若干の戸惑いを覚えつつも、鬱陶しい上級生達の囀りも無くなって最近は割と楽しく過ごしている。

――ただ一つの懸念を除いて。

鐘の音が鳴り、ふと顔を上げる。

「授業の時間ですね」

「もうそんな時間か」

午後の授業がもうじき開始するという合図のチャイムだ。

ギリギリを見計らった食堂からの帰り道を急ぎ、教室に戻る。

席につくと五時限目の担当教師がやってきた。

「はい、それでは午後の授業を開始していきます。本日の欠席は――六名ですか。その他の生徒はもう皆さん席についていらっしゃるようですね」

——欠席六名。

明らかに、多い数だ。

ただ一つの懸念というのが、これだった。

街で病が流行っているというわけでもないのに、六名もの欠席。コレは少々異常な事態と言えた。

そもそもこの学園は寮生だ。それなりに由緒正しい学園という事もあり、サボリには厳しいという事も考えれば、この六名は全員が「なんらかの理由」で休んでいるという事になる。

……丁度先週くらいからだろうか、ぽつぽつと姿を見せなくなった生徒達が増え始めたのだ。

一度休み始めた奴らは一週間経った今でも誰一人として戻ってこない。

大体一学年ごとに二十人ほど。……しかしその全てが貴族の子女と言えば、その異常さは伝わるだろう。

明日は自分かもしれない。漠然と感じる危機が学園全体に蔓延し、消えた人数以上の活気がこの学園から消えていた。

消えた奴らはウワサじゃ奇病にかかっただの、人身売買の組織に攫われただのと色々と囁かれている。

「今日はヘロイーズか……」

「あの子は『魔薬』に手を出すような奴じゃないと思ってたんだけどな……」

——だが、人の口に戸は立てられない。

本当のハナシというヤツが、必ず出てくるものだ。

聞けば、欠席している生徒のほぼ全員が、今まで居た部屋から姿を消しているらしい。姿を消した生徒がどこへ行ったかといえば、なんと寮の空き部屋に集められ、面会も禁じられて隔離されているというのだ。

まるで流行病を疑う様な措置だがその理由は——クスリだというのだ。

当然病気を治すなんて普通のそれではない。一時の快楽の為に体と心を蝕むクスリ。

魔薬である。

学園側としては当然この事実を隠したい様だが、多感なガキの口に戸は立てられねえ。クスリと、それを扱う者達が陽を隠すように学園へと暗い影を落としている。それがこの学園の現状だった。

……とはいえ、俺には関係ねえ。むしろ静かで良いとさえ思っているくらいだ。

所詮クスリなんてモノは弱い奴が手を出すモノだ。少なくとも、それで身を持ち崩した奴を見てりゃ、自分も手を出そうとはまず思わねえ。

イルタニアの末期に散々見てきたが、ありゃあ悲惨だ。

貴族の坊っちゃん方がそれで落ちぶれたとしても、俺には関係がない。俺の邪魔にならない場所であれば好き勝手やってくれ、と言ったところだ。

まあ恵まれた環境にいるガキがそんなモノに手を出すのは、少々意外だったが。

益体もない事を考えつつ、既に予習してある退屈な授業をそこそこに聞き流していると、あっという間に授業の終わりがやってくる。

すると、例によってアルベールとコレットが俺の席へと集まってきた。

話題に上るのは、学園では今最もポピュラーな噂話だ。

「それにしても、本当に人が減りましたね。もう六人にもなるだなんて。……あの噂は、本当なんでしょうか」

「さて、どうでしょう。私達には関係のないお話ですから」

「はは、ミレーヌは手厳しいな」

そう。俺達には関係のない話だ。

が、こんな辛気臭い話ばかりというのは少々気が滅入る。それが今の俺にとっては最も煩わしい事だった。

同じ学園で何かが起こっている以上、完全に無関係というわけにはいかないらしい。辟易していない事もしないでいると、コレットが神妙な表情を浮かべる。

「しかし嘆かわしいな。恵まれた貴族の子女が魔薬に手を出すとは」

「私も最初はそう思いましたけれど、恵まれているからこそ、刺激を欲するという事もあるのでしょう。私にはわからない気持ちですけれど」

為政者の卵として思う所があるのだろうか。言葉に怒りの音を混ぜるコレットに、俺も呆れ混じりで返す。

金でもなんでも好きに出来るなら、酒でも飲んだ方が余程健全だ。アレも決して安全なモノではないが、悪ぶりたいならそれで十分だろう。

だというのに何故だかカネを持つとそれ以上を求めるようになってしまうのだから、不思議な話だ。

一番悪いのはクスリをバラ撒く奴らだが、俺に言わせればそれに手を出す心の弱さも自業自得に当たると思うね。

……まあ、それでもコレットやアルベールにその手が及べば、黙っちゃいないと思うが。

要するにそういう事で、俺の近くをウロチョロしない限りはどうでも良いというのが本音だ。

「こ、コレット様……！」

そしてそれは、俺だけではない。誰にだってそういう所はあるものだ。

息を切らしてやってきたのは、俺のあまり知らない女子生徒だった。が、見覚えはある。

俺といない時のコレットが時たま一緒にいる奴だ。

「ドーリス。どうした、その様に急いで」

名前を言われて思い出す。そう言えばコレットがそんな風に呼んでいた覚えがある。

大陸の各地から貴族が集まるこの学園では、同じ国同士の者でツルむのは珍しい事ではない。アルベールはそんな理由で俺にベッタリだが、コレットもその例に漏れず、他のコミュニティを持っている。

とは言えコレットは王族だ。誰でも気軽に挨拶出来るというわけではない以上、そのコミュニティも非常に規模が小さい内輪のものとなっている。

コレットに、このドーリスに、あと一人――

「は、ハンナが来ていないんです……！　寮母に聞いたら、今は会わせられないって……！」

コレットの眼が見開かれ、そして固まった。

苦々しさを感じ、舌打ちが出る。クスリに手を出すのは弱い奴だ。だがその弱い奴というのは、何時の世も一定数存在する。

それはコレットに話しかけられる有力貴族の娘でさえも。

「……急用が出来た。私は学園を早退する。ミレーヌ、先生への連絡を頼めるか？」

俺からは、コレットの背しか見えない。が、ドーリスという娘の表情を見ればコレットの表情も読み解ける。

その背からは激しい怒りを感じる。おそらくはハンナという娘の弱さに対しての。そして、それよりも遥かに大きいクスリの売人への怒りを。

「お手伝いしましょうか？」

「ありがたい申し出だが、これは私と、そしてコルオーンの問題だ。いずれ国を治める者として、これくらいは私自身の手で解決しないとな」

腕を組み、軽い調子で聞いてみれば申し出は却下される。

「それに、胸を張ってお前の隣にいたいではないか。だからこれは私がやる」

コレットらしい。そう感じて、俺はそれ以上何も言わなかった。

代わりにひらりと手を振る。

微笑みを浮かべて、コレットは去っていった。

全く、熱い事だ。仮に国を統(す)べる立場ってのになったとしても、俺はあんな真似(まね)は出来ないだろう。

　コレットが去った場に、沈黙が訪れる。

　言いつけを守るのならばこのまま授業に出てペールマンにコレットの欠席を伝えるべきだが――

「ちっ」

　舌打ちをすると、ドーリスが肩を震わせた。

「ねえ、ドーリス……さんでしたかしら」

「はっ……はい！　如何(いかが)しましたかミレーヌ様！」

　不必要なほど怯(おび)えているが、やらせておけばいい。

「ペールマン先生に言伝(ことづて)をお願い出来ますか？　コレット様とミレーヌは欠席いたします、と」

「……！　ミレーヌ様……！」

　それよりも、今は煩(うるさ)いハエをどうにかするのが先決だ。

　別に俺に関係の無いうちは好き勝手やりゃあいいが、それが近くを飛んでいるのならば、容赦なく叩(たた)き潰すまでだ。

コレットはまだ幼さを残すとはいえ、いずれその武勇をもって『黒獅子(くろじし)』と名を馳(は)せ強大国コルオーンを率いる最強の女帝として君臨するほどの才能がある。

けちな魔薬の売人くらい、アイツ一人でもお釣りが来るのだろうが——

何故だろうか。妙な胸騒ぎが俺を衝(つ)き動かしていた。

まるで何かが語りかけるような感覚。それを、頭を振って否定する。

……何も分からねえガキ共がいいように食い物にされるのも寝覚めが悪い。それだけの話だ、きっと。

さて、そうと決まれば街に出る準備をするか。荒っぽい事になるかも知れないし、寮に武器を取りに行こうか。親父(おやじ)殿から渡された、華美なだけのレイピアだが無いよかはマシだ——と。

「ま、待ってください！　ぼくも行きますっ！」

アルベールが俺の背を引き止めた。

心底面倒くさそうに、聞こえるように舌を打つ。

……コイツ一人付いてきた所で問題は無いとは思うのだが。仮にも一国の王子を犯罪組織と関わらせるのは少々躊躇(ためら)う。

だが、ここで問答をするのも面倒くさい。ぐっと顔を近づけるとアルベールの顔が真っ赤に染まる。

「……あれこれ言い合う時間はねえ。付いてきたいなら勝手にしやがれ」

それよりも早い所行動に移したい所だ。

小声でささやきかけてから離れると、ぱっと顔を明るくしたアルベールがこくこくと頷きを繰り返す。

「ドーリスさん、申し訳ございませんが、アルベール様のお名前も追加を。アルベール様は、ご自分でお使いになる武器のご用意をお願いします」

「はいっ！　感謝いたします、ミレーヌ様！」

全くもって面倒ごとの多い人生だ。俺は改めて、ため息を吐きだした。

◆

「凄い賑わいですね。見た所不審な所はありませんが……」

街へとやってきて、アルベールがほうと息を吐きながら、呟いた。

言う通り、街は往来が多く、陰の部分はぱっと見では見つからない。

みずみずしい果物を売る八百屋、保存の利く菓子を売る露店、様々な店が所狭しと並び立ち、その殆どが賑わっている。

世界中から貴族の子女が集まる学園を有する街だ、言ってみりゃそこには世界中のカネが集うと言ってもいい。好景気による活気は天井知らずだ。アルベールの言う通り、そこに陰の気は見受けられない。

「表立って売りさばくワケねえだろ。ああいうのはコソコソやってんだよ」

だがそういうのは大概隠れているだけだ。貴族の子女が集まるという事で、そこそこ治安の維持には気合を入れているようだが、どうしても眼の届かない部分というのは出てくるものだ。

例えばこの大通りから隠れた路地裏や、寂れた酒場など。末期のイルタニアじゃもう少し好き勝手やっていたが、それでもデカデカと魔薬売ります、と喧伝するバカはいない。

周りに学園の人間がいないという事で素の喋り方に戻しつつ、アルベールに指摘をする。

「そ、そうですね。失礼いたしました」

「いや、普段は見る機会のねえ陰の部分だ、お前が知らなくても無理はねえよ」

本来であれば、王族であるアルベールはそういう場所に目を向ける機会など無いだろう。そういうのは、治安維持を行う機関の仕事だ。俺もその仕事内容自体は詳しくない。今にして思うと、そういう手合いのお世話にならなかったのは自分でも意外だが。

「さて、後ろ暗い情報を集めるんなら鉄板は酒場だが――」

だが、そのテの話の聞き方はよく知っている。

小洒落たバーなら兎も角、寂れた酒場には大概どうしようもない奴らが集まるものだ。

「酒場ですか？　流石にぼくたちが入るのは不味いのでは」

「分かってる。だから今回それはナシだ」

が、その手は使わない。アルベールの言う通りだ。流石に学生の身分で、学園をサボって酒場に居るのはマズい。学園に話が行けばアルベールでさえ罰則は免れないだろう。

じゃあ何をするかだが――

「おいアルベール、カネ持ってるか？」

「え？　はい。あまり多くはありませんが……なるほど、情報を買うという事ですか？」

「それも悪かねえがな。貴族の嬢ちゃん坊っちゃんじゃふっかけられるぜ。まあ付いてこいよ」

アルベールを引っ張って、ある店に連れ込む。

そこは服飾店だ。今回使うのは酒場でも情報でもない。この足だ。

アルベールを引っ張り込んだ服屋で幾つかの服を見繕い、そしてアルベールに着せていく。

試着室から出てきたのは――

「な、なんでぼくが女性もののお洋服を着るんですかぁ!?」

何処からどう見ても可愛らしい女の子になったアルベールであった。

「てめえがもう少し男らしけりゃ男物の服を着せてやったんだがな。恨むんならてめぇ自身の外見を恨みな」

着せた服は侍女の着るような、ロングスカートの仕事着——最近じゃメイド服、だなんて呼ばれている服だ。

「そ、それでもこれはあまりにも……というか、なぜ変装する必要があるのですか?」

ちなみにだが、俺はブロンドのカツラを被っている。

だが伊達や酔狂でこんな格好をさせているのでも、しているのでもない。

ちゃんと理由はある。

「てめえは一応王子だろうが。顔を知ってる奴がいてもおかしくねえ。俺も俺でこの髪だ、そのままだと身元に気づく奴が出てくるかも知れないだろう」

まず、俺達は非常に目立つ。一国の王子に、その国で大切に扱われている『スルベリアの髪』だ。後ろ暗い事をしている連中に探りを入れるのには、あまりにも身分が向いていない。

「それは確かにそうですね……では、この変装をしてどうするんですか?」

※ミレーヌ

じゃあどうするか？　それは簡単だ。

「歩くんだよ。奴ら、ウチの学園の生徒にもクスリを売りつけてるんだろうが。だったら街を適当に歩いてりゃ向こうから話を付けてくる」

ただ歩く。これだけである。

「な、なるほど……！　それでぼく達の素性を隠す必要があったんですね！」

アルベールもそれでピンと来たようだ。

そもそもウチの生徒がこれだけ被害を受けているんだ、一般人へのクスリの浸透度がどのくらいかはまだ摑めてないが、なんだったらウチの学園を狙い撃ちにしているのではないか、とも考えている。

だったらこんな時間に学園をサボっている不良女子というカモを放っては置かないはずだ。

適当に歩けば、向こうから声をかけに来るだろう。

「分かったら付いてきな。今日だけはてめえは——俺の従者の『ルル』だ」

「はい！　光栄です……っ！」

形だけでも従者と認められて嬉しそうにしているアルベール。

この国の将来が心配になるが、妙に女装が似合っているのもまた不安になってくる。

服飾店を出て、街を歩き始める。カツラを被っているから一目では俺が『スルベリアの髪』とは気づかれないはずなのだが、妙に周りの視線が多い気がするのは気の所為ではないだろう。

何かと癪だが、今の俺の顔はかなり見られるモノだ。街で会えば、かつての俺でも振り返っただろうというほどに。

それに加えて、今はアルベールも居る。これも正直予想外という他ないくらいメイドの格好がハマっていた。メイドの格好に対して、持ち前の気品がいい具合にギャップになっているというか……

「うう……目立っていますね……本当に大丈夫なのでしょうか？」

「好都合だろ。目を引く為にやってんだからよ」

だがこれは嬉しい誤算だとも言える。単純に目を引けばそれだけ探してる奴らの眼にも留まりやすくなるし——見目のいい女ってのは、悪い奴らにとってはこれ以上無い上客だ。

「なるべく自然に街を歩くぞ。その辺の女みたいに、適当に菓子でも食って騒いでりゃ探しものも見つかるだろう」

「わかりました！　不肖ルルめがお供させていただきますっ！」

またアルベールもノリノリである。コイツはアホだが頭は切れる。ボロが出る事も無いだろう。

……それ以前に、アルベールは心からこの状況を楽しんでいるようだが。演技でない自然体な楽しみ方には思う所もあるが、不自然さのカケラもないのは好都合だ。

後は俺だな。

「ルル、これも食べてみなさい。冷たいお菓子ですって。不思議な味がしますよ」

「はっ……はいぃ」

自分でもゾッとするが、普段使う『よそ行き』よりもやや砕けた言葉遣いで菓子を勧める。

牛乳を冷やして練った珍しい菓子——アイスクリームというらしい——を、スプーンに載せて口に運んでやると、アルベールは溶けてしまいそうなくらいグニャグニャの、文字通りの骨抜きになった。

……本当にイルタニアは大丈夫なんだろうな。ため息が出そうになるのを、なんとか堪える。

だが周りから見れば仲睦まじい主従のお忍びに見えるのだろう、あちこちからため息が漏れるのが分かった。

俺もコイツもツラだけはいいので、わからないでもないが——まったく、俺も演技がうまくなったものだ。意外に多才なのだろうかと考えるのは思い上がりでもないかもしれない。

そうやって、街を練り歩く。アルベールは満足げだが、遊びに来たわけではない俺からすれば苛立ちが募るばかりだ。

だがそうやって暫く歩いていると――

「貴族のお嬢さん、ちょっとお話よろしいでしょうか？」

如何にもといった風体の男が話しかけてくる。

「……ごめんなさい、知らない方とは話すなと言い付けられていますの。行きましょう、ルル」

「えっ⁉　あっ……はい！」

しかしここですぐさま食いつくようなマネはしない。飽くまでも今の俺達は貴族学園に通うお嬢さんとその従者だ。本格的な話も出ないうちから目の色を変えるんじゃ怪しいというモノだ。

「まあまあ待ってくださいよ。勉強でお疲れじゃあないですか？　勉学に色恋に、頑張る学生のお嬢様にご紹介したいとっておきのモノがあるんですよ」

「……へえ？　でもそれって、最近話題になってる危ないお薬というものではないのですか?」

食いついた、と売人の顔が変わるが、そう思ったのは奴だけではない。俺もまた、垂らした糸が重く引かれるのを感じていた。

「いえいえ! 危ない事なんてございません! 紹介したいのはお薬なんですがね、法律的にはなんの問題もない、民間療法みたいなモノなんですよ。疲れが取れるクスリなんてのは確かに大概危ないモノですが、この薬は違います。心が楽しくなって、疲れが取れる。それでも体には全く害がない! それだけじゃーない! なんとこの薬は、飲むだけで魔力も上がるって代物なんですよ! そうなりゃ成績は上がる、疲れは取れる! 気分も良くなって幸せに空き時間を楽しめるって寸法です!」

案の定、売人の男はこれ幸いと一気にまくしたてる。

薄汚えネタを売っている奴があれこれとまくしたてるのは少々不愉快だが——中々いい情報も引き出せた。

魔力が上がる。その言葉には思い当たりがあった。

ウィリアムをぶちのめしてやった時、アイツが妙なクスリを飲んだ後、妙なテンションになると共に魔力も上がっていた。アレが今蔓延(まんえん)しているクスリだとするのなら——

……アタリだろう。だがもう少し情報が欲しい。

　釣りに喩えれば、男は今タモを用意した状態のハズだ。敢えて、そこに飛び込んでやる。

「……ふうん。それが本当ならば、素晴らしいお話ですけれど。そう美味しいお話があるとも思えませんわね」

「じゃあじゃあ、こういうのはどうでしょう。先ずアタクシが無料で試供品をお渡しします。そうしたらそれはどうしようと自由です。怪しければ捨てるもよし、ご自分で試されるもよし、あるいは他の誰かで試してみてもよろしいでしょう。どうです、お近づきの証に一包！」

　しかしコイツらは客観的に自分らを見られないものかね。こんなのどう考えても怪しいだろうが。

「そこまで仰るのでしたら……一包いただきましょうか」

「ハイありがとうございます！　もし改めて薬が欲しくなった時はこのあたりにお越しください。これもなにかのご縁です、格安で提供させていただきますよ！」

　押し付けるように紙袋を渡して、男は去っていった。

「作戦成功ですね」

「ああ、二度と会う事は無いだろうよ」

　少なくともブロンドの貴族の女と、その従者の娘とはな。

クスリの包みを鞄に忍ばせて歩き出す。

「さっさと行くぞ」

「学園に帰るのですか？」

「アホ、着替えに戻るんだよ。てめえその格好で学園に戻るつもりか」

「あっ……！　そ、そうでしたね」

……普段着ない女物の服を着ていて、違和感はないのだろうか。

頭痛を覚えたような気がして、俺は片手で顔を覆い隠すように押さえた。

◆

アルベールを着替えさせた後、俺達が訪れたのは寂れた喫茶店だった。

客の入りが少なく、外からの視線も遮られる場所だ。マスターもあまり商売に熱心ではないようで、俺達に関わろうという気は見られない。

ヒトに聞かれちゃマズい話をするのに、こういう場所は好都合だった。

お世辞にも美味(うま)いとは言い難(がた)い紅茶をすすりながら、鞄から取り出すのは先程男から押し付けられたクスリだ。

「これが話題の薬なのでしょうか」

「十中八九そうだとは思うがな。他に臭いモンは見当たらなかったわけだしよ」

アルベールと小声で会話しつつ、紙袋の中身を取り出す。

紙袋に入れられていたのは、糊付け（のりづ）された紙の小包だった。

振ってみると乾いた粒子が紙を擦る（こす）音がする。どうやら粉薬の様だ。

何気なく、小包を裏返してみれば、そこには恐らくその薬の名前だろうという単語が書いてある。

「ルードゥス……」

アルベールが先にその名前を口に出した。

俺はと言うと、妙な引っかかりを感じ、声を出せずにいた。

ルードゥスだと？　妙に聞き覚えのある言葉だ。

小包を破り、広げた紙袋の上に粉薬を少量落とす。

包みからサラサラと零れ（こぼ）落ちて来たのは、真っ赤な粉末だった。――その瞬間、感じた引っかかりの正体に思い当たる。

「バカな、なんでこれがここにある……？」

感じた苦々しさを吐き出す様に、俺はうわ言の様に呟いた（つぶや）。

それでも不快感を隠せずに、舌の上に焦燥感の様な味が広がっていく。

「ミレーヌ様？　如何いたしましたか？」

アルベールが心配そうに覗き込む。

「なんでもねえよ。少し驚いただけだ」

ぶっきらぼうに返すと、少しだけ落ち着いてきた。

ルードゥス。意味は確か『快楽』だったか。赤い花を乾燥させて、粉末にしたものだと聞いた事がある。

このクスリは、末期のイルタニアで流行っていたものだ。

立場上、傭兵ってのは裏社会の情報が回るのがなにかと早い。そもそもが――末期のイルタニアじゃ特に――マトモな職に就けないから傭兵になったという者も多く、こういう後ろ暗いモノに手を出す奴らも多いのだ。倫理観に乏しいのだろう、傭兵ってヤツはまるで酒やタバコの様にクスリの話をする。

だから、俺はこのクスリが出回り始めた時期を正確に把握している。

これが出回り始めるのは少なくとも今から十年はあとの話だ。『赤い粉末』という珍しいモノだ、他に聞いた事のない話を間違えるはずもない。

――どうにもきな臭くなってきやがった。

「帰る予定だったが、もう少し探るぞ」

「かしこまりました、お供いたします」

この『ルードゥス』は、魔薬としては性質が特殊なモノだ。

末期のイルタニアじゃ、こいつは風邪薬以上に出回っていた。なもんで、中毒者を眼(め)にする機会はいくらでもあったのだが——確かに、体の方で不調を訴える使用者は居なかったと記憶している。

快楽を与える魔薬なんてのは大概体に悪くて、使っていれば見る間にそいつはボロボロになっていくのだが、このクスリを使っている奴は体や肌に異状が出る事もなく、妙にはつらつとしていやがったのが印象的だった。

だからといって当然、このクスリが無害かといえばそうではないのだが。

『ルードゥス』が蝕(むしば)むのは、人間の『心』だ。詳しい理屈は聞いた事がないが、このクスリはヒトの心をやたらと暴力的にさせるらしい。事実、末期のイルタニアじゃこいつの絡(から)む喧嘩(けんか)や殺人なんてのは毎日のように起こっていた。過剰に暴力的な発言をする奴が増えたのも、こいつの影響が大きい。

見かけ上体には害がないというのも、その流行を助けたのだろう。安価で、健康を蝕むことはなく、しかし依存性は高い。そんな『ルードゥス』が爆発的に流行ったのも、国を腐らせた要因の一つだろう。

未来に出回るはずの悪魔のクスリが、治安では評判のいいこのゼルフォアで流行している。そこにはなにかの意思がある様に感じられた。

これは細かい事を言っている場合じゃあねえ。使えるモンは何でも使って、事態がどういう状況かを確かめる必要がある。

「そうと決まりゃ、もう一回服屋で更衣室を借りるぞ」

「えっ……また着替えるのですか？　えへへ、そうですよね。変装をしないと、でしたね」

……アルベールが何処か嬉しそうに見えるのは気のせいだろうか？

まあいい。今は気にしているヒマもねえ。粉を包んだ紙袋をねじり潰して、席を立つ。

コレットの奴が無事だといいが――

焦燥を感じつつ乱雑に代金をおいて、俺達は喫茶店を後にした。

◆

「なんか……思っていたのと違いますね」

街でクスリの調査を再開して暫く、集まり始めた情報にアルベールが漏らしたのがそんな感想だった。

変装をしている事もあり、この際手段は選んでいられねえと酒場も回って情報を集めていたのだが――俺も未来のイルタニアを知らなければ同じ感想を抱いていただろう。

『ルードゥス』は街の人々に好意的に受け入れられている様だった。

学園じゃ既に魔薬だのというウワサが回っているが、街の奴らに聞いた話を総括する限り、現状は滋養強壮や気分改善の真っ当な『薬』とさえ受け取られているようだ。

副作用が出始める前の期間という事もあるのだろうが、それはイルタニアでの流行り始めと全く同じだった。

結果は精神を蝕まれ、モラルだのを軒並み失った狂人の出来上がりというワケだ。

「ああ、しかし一つ解せねえな」

「解せない、と仰るのは?」

アルベールが聞き返す。

「……商売のやり方に、意図が見えねえ。魔薬なんてのは、結局の所カネ儲けが目的だろう? 最初は安く売って、無きゃ困るってまでなった奴に高く売るなんてのはよく聞く話だ。だがこのクスリは違う。値段を釣り上げられたってハナシは聞かねえし、元から特別高いって訳でもねえ。なんだったら、お試しだので気前よく配ってやがる」

クスリというのは大概、最初はタダ同然で売られる。そこだけは合っているが、その後が違う。奴らは顧客が完全にクスリに依存したその後も、一般的な強壮薬や回復薬なんかと然程変わらない値段で売っているようなのだ。

クスリの患者はまだクスリの所為だと気付いちゃいないが、特有の暴力性が現れている奴もぼちぼちと見られた。そういう奴らはとっくにクスリに依存しているはずだ。

「まるで魔薬を流行らせる事そのものが目的の様……という事ですか？」

「ああ」

その奥に見える目的は——やはり、アルベールの言っていた通りの事になる。

儲けようと思えばいくらでも儲けられるだろうに、それをしない。だが間違いなく善意で『強壮薬』をバラまいているわけではないだろう。

となると——目的は一体なんなのか。

前の歴史でクスリが現れ始めたのは——戦争の、直前。

戦争が起きて、クスリが流行った。もしもそれが、俺が知らないだけで順序が逆だったとしたら？

「戦争でも起こそうとしてやがるのか……？」

「せ、戦争ですか⁉」

「……いや、流石に飛躍しすぎた。忘れろ」

「は、はい……」

自分の考えを否定しつつも、しかし俺はそのセンで思考を進めていた。

見当が付かな過ぎるからこその思考実験みたいなモンだ。

タダ同然でクスリをバラ撒くのは何故か？　クスリをバラ撒くこと自体が目的だから？　だとすればこの場所、ゼルフォアに何があるかと考えて真っ先に思い浮かぶのが『貴族学園』だ。

戦争は飛躍し過ぎにしても、貴族の子女をクスリ漬けにする事で外交の混乱でも狙っていやがるのか。

「ちっ、考えてもわかりゃしねえ……ん？」

苛立ち混じりに舌打ちをすると、通りがかった路地の方から何か声が聞こえてくる。

これは怒号だ。もしかすると、クスリに関係している事かもしれない。

「ルル」

「……？　あっ、はい！」

アルベールの仮の名を呼びながら、顎で路地を指す。付いてこい、という合図だ。

一人で歩を進めると、後ろから小刻みな足音が聞こえてくる。

表通りの喧騒から隔絶された、薄暗く狭い路はまるで表とは別世界だ。

悪臭の立ち込めるそこを歩いていくと――

「珍しいな、貴族の子供がこんな所まで来るとは。クスリをお求めかい？」

そこには、ローブのフードを被(かぶ)った不審な男が立っており、その足元には別の男が倒れ伏していた。

「……この方は？」

「ああ、クスリを売るなと詰め寄ってきてね。乱暴を働いてきたので黙らせたんだ」

クスリを売るな、か。男の言葉を心中で繰り返す。

となるとそこで転がっている男はクスリがどういうモノか気付いているのだろうか。

「で、どうするんだい。安くしておくよ」

「いいえ、遠慮しておきますわ。先程試供品を貰(もら)った所ですの」

「そうかい？　じゃあまたのご縁がある事を願ってるよ」

二、三言葉を交わすと、フードの男はすれ違うようにして大通りへ向かっていった。

その際、胸元のペンダントが妙に気になった。

薄暗くて良くは見えないが――角の生えた蛇？　その眼には赤い宝石がはめ込まれている。

これも何処かで見たような既視感を覚える。

だが確認する手立ては無く、男は光の射す方へと歩いていった。

それよりも、今は情報を集めるのが先だ。

「そこのあなた、大丈夫ですか？」

倒れる男に呼びかける。

クスリがどういうモノであるかに気付いているのならば、何か情報を掴んでいるかもしれない。

だが、男からの返事はなかった。不審に思い、近づいていく。

「……」

すると、気付いてしまった。

「……死んでいるな」

「えっ……!?」

この男、既に事切れている。

余程クスリの売人にとって都合の悪い事を掴んでいたのだろうか？

ぴくりとも動かない男をひっくり返してみると、前面には焦げて穴の開いた服と、火傷が見つかった。おそらくは電撃の魔術だ。

口封じだろう。その為には殺しも眉一つ動かさずにやるというワケか。いよいよもってクスリを流してるのはマトモな組織じゃあねえな。

「ど、どうしましょう、ミレーヌ様……⁉」

「衛兵に連絡だけしてズラかるぞ。足止めを食うのはマズい」

こうなると、一人で情報を探っているコレットが心配だ。

アイツが、優秀過ぎない事を祈るばかりである。

男を再び裏返し、俺達は路地裏を後にした。衛兵には路地裏で倒れている男が居るとだけ伝えておいた。後は騒ぎが大きくなる前に再び変装を解けば、『アルベール王子』に嫌疑をかける者はいるまい。

こうして俺達は街を後にし、学園へと戻った。

道中アルベールはずっと沈んだ顔をしていたが、死体に慣れていない為だろう。

あの未来を見てきた俺にしちゃ、カタチが残った死体なんてマシな方だが。まあそれをコイツに言うのも酷だろう。

「取り敢えず今日はこれで解散だな。見てきた事は誰にも言うんじゃねえぞ」

「お、仰せのままに……」

本格的にキツそうだ。俺が初めて死体を見た時はどうだったか。

この世界じゃ起こってもいない事に思いを馳せても仕方がない。それよりも、情報の整理とコレットの安否の確認が肝要だ。

幸いにして授業の時間は終わっている。寮には問題なく入れる事だろう。

女子寮に帰ってみれば、既に学園から戻ってきた生徒達で賑(にぎ)わっていた。

が、目当ての人物は見当たらない。まだコレットが帰っていない可能性は大いにあるが

——

結局その日、コレットが帰ってくる事は無かった。

第八話　邪教

結局、一晩待ってもコレットが帰ってくる事はなかった。

学生が一人寮に帰らない、くらいならばよくある話なのだろうが、このご時世に王族のコレットが戻らないという事で、学園は朝から大騒ぎだ。

「ミレーヌ様！」

もしかすると学園の方に顔を出すかも知れない――そんな思いで待機していた俺の名を叫ぶのは、アルベールだ。

「アルベール……様。念の為お聞きしますが、コレット様にはお会いしていませんか？」

「……はい」

返答に、舌を打つ。最早アルベールも俺の事は理解しているのだろう、一々ビクついたりはしなかった。

だが一晩経っても戻ってこないとなると、これは非常にマズい可能性が高い。

なにせ、人を殺すくらいは躊躇のない奴らだ。いくら王族のコレットでも命の保証は出来ないし――あるいはその目的が昨日ふと考えた通りのものだとしたら、むしろ大国コルオーンの皇女であるコレットは絶好の『贄』となるだろう。

本格的に俺の周りまで手が及んできた、というワケだ。全くもって――腹が立つ。

どうにもイライラとして、集中が出来ない。こんな状況で授業を受けても身にはならないだろう。

二日連続でサボるとなるとまたペールマンの野郎がうるさそうだが――

「ちっ……」

舌打ちが出る。が、あまり気にしているヒマもない。

「アルベール様、ペールマン先生に言伝をお願い出来ますか。私はコレット様を捜しに行って参ります」

どうやらのん気にしていられる状況じゃあなさそうだ。

敢えて、俺はアルベールに言伝を頼む。

「ま、待ってください、ぼくも――！」

何かを言いかけるアルベールを制するように、ぐっと顔を近づける。

「俺の言ってる意味が分からねえてめえじゃねえだろう。付いてくるなと、そう言ってんだよ」

それは『ここに残れ』という意味を込めた言伝だ。

他の誰でもなく、アルベールに命令したのは二つの意味がある。

「そ、それは出来ません。ぼくはミレーヌ様の忠実なしもべです。ですが、そのお言葉だけはお聞きするわけにはいかないんです……！」

だがそれでもアルベールは食い下がってくる。

その気概は好ましいものだ。盲信している俺の言葉にも従わず、自分の意志をハッキリと発言する。普段であればそれを褒めていただろう。

「理由を言わなきゃわかんねえのか？　足手まといになるってんだよ」

しかし状況がそれを許さない。人殺しなんぞ屁でもねえ奴らが、もしかするとだいそれた事を考えて動いているかも知れないのだ。

俺一人なら身軽だ。なんでも出来るとは言わないが、引き際もわきまえている。

アルベールが居ると、その確実性も落ちてしまう。人質にでも取られりゃ最悪だ。

「そ、それでも……！　ぼくだってミレーヌ様に剣を教わる、一人の剣士です……！　決して迷惑はおかけしません、どうか……！」

「今既に迷惑がかかってる事についてはどうでもいいのか？　いいから諦めろ。てめえにその力はねえよ」

なお食い下がるアルベールに、苛立ちを交えながら返す。

無鉄砲な奴は嫌いじゃあ無いが、自分の力と立場をわきまえないガキは嫌いだ。

「あ……諦めません……！　自分の非力はよく理解しています、ですがコレット姫はぼくにとっても友人なのです！　それを、他ならぬミレーヌ様とはいえ女の子に任せてのうのうとしているなど……国を背負って立つ男子とはかけ離れた姿なのではないでしょうか……！」

それでも。

アルベールは食い下がらなかった。

自分の立場をわきまえないガキはこれだから始末が悪い。

だが、こればかりは性分か。こういう青臭いのは嫌いにはなれなかった。

「バカが。国を背負って立つ男ってのは、下の奴に命令を出してふんぞり返ってるモンなんだよ。勢いでなんとかしようとしてんじゃねえ」

「うっ」

自覚はあったのだろうか。アルベールが言葉を詰まらせる。

分かった上で、俺に逆らってでも付いていこうとしたわけだ。

王としちゃ愚行も愚行だが、男としちゃ悪くねえ。

顔を離して、大きく息を吐き出す。辺りを見回して、眼についたのは怪訝な眼で此方を見る隣の席の男子生徒だ。

「ええと……クライヴさん、でしたかしら」

「はっ、はい⁉」

隣の席の男子生徒に呼びかける。

わかりやすいくらいに挙動不審になった少年が、敬礼でもするかのようにピンと背筋を伸ばして立ち上がった。

「ペールマン先生に言伝をお願いします。アルベール様とミレーヌは欠席いたします、と」

「か、かしこまりましたっ！」

一応、コイツはただのクラスメイトなのだが。縁のない国の貴族が敬語を遣うのを不思議に思いつつ、俺は立ち上がった。

「来られませんの？　私はもう行きますけれど」

呆けているアルベールに声をかける。

たっぷりと時間を要してから、アルベールは満面の笑みを浮かべた。

「……！　ありがとうございますっ！」

こうして、俺達は学園を後にして寮へと戻った。

今度ばかりはなまくらのレイピアを使う事になりそうだ、などと思いつつ。

◆

街へ行くと、相変わらずそこは凄い賑わい様だった。

とても、裏で大それた事件が起こっているとは思えない明るい空気だ。

事実、街の人々からすればなんの変化もない日常に過ぎないのかも知れない。

クスリに関しても、精々新しい良い薬が出回り始めた、くらいのものなのだろう。

……裏で、大戦争に繋がりかねない出来事が起こっているとは夢にも思わないというわけだ。

「ミレーヌ様、今日はどういたしますか？　また変装をするのでしょうか」

「今日は探りを入れに来たんじゃねえ、姿を隠す必要はない。売人さえ見つけちまえば、後は何でも聞き出しゃいいんだよ」

それの阻止をするには、スピードの勝負になる。

そもそももう全てが終わっているという可能性もあるのだが――ダチの命がかかっているという事もある。諦めるわけにはいかない。

アルベールを引き連れて、街を練り歩く。やはり表通りに堂々と構えている奴はいないようだ。

となると——昨日『試供品』を渡してきた奴を当たってみるか。

明らかにアレは下っ端(したっぱ)だが、今は手さぐりの状態だ。ザコからでも引っ張れる情報はあるだろうし、ザコほど口が軽いのは世の常だ。

その場所を目指して歩いていくと、僅かながら人の流れが疎ら(まばら)になってくる。

やはりある程度は人の目を気にしているのだろうか。

目的の場所に到着すると、そこに売人の姿は無かった。が、近くに細い路地があるのを見つける。

昨日のフードの男もそうだが、やはり悪い虫は陰気な所を好むらしい。

躊躇(ためら)いなく奥へと進んでいく。すると——

「おや、貴族の嬢ちゃん坊(ぼ)っちゃんがこんな場所に、なんの御用で?」

路地の奥に、昨日俺達に試供品を渡した売人を見つける。俺達を昨日の貴族の女子生徒とその侍女とは思っていないのだろう。朗らかな口調で語りかけてくる。

洒落臭(しゃらくせ)えな。まずは一本、ペースを握るとしよう。

俺はテンポよく靴を鳴らしながら近づき——

「もしかしたら、『ルードゥス』をお求めですか？　それでしたら――おっぶぇ⁉」

その頰に、拳を叩き込んだ。

男の体が勢いよく空樽に突っ込み、軽快な音を響かせる。

意に介する事もなく、俺は痛みに呻く男の胸ぐらを摑んで引き起こした。

「てっ……テメエ！　なにすべっ⁉」

そして、冷静さを取り戻す前に逆の頰にもう一発。男の口の端から血が垂れてくる。

と同時に涙を浮かべ、男が歯を吐き出した。

「ひ、ひい……なんなんだよぉ……」

反応を見るに、見るからに下っ端だ。だがこんな奴からでも引き出せる情報はあるだろう。

「クスリについて聞きたい事がある」

「な、なんの目的で……ぶっ⁉」

今度は鼻に一発。鼻から派手に血が溢れてくる。

「折れへる……折れは……」

憐れっぽく、男は広げた手のひらの奥に顔を隠す。

だがこの調子ならば苦労も要らなそうだ。

「余計な事を言う度に一発ぶち込んでいく。拒否はさせねえ。わかったか？」

「わ、わかっは……」

従順になるまで三発。二発目で心を折っていただろう事を考えると、俺もまだまだ捨てたもんじゃない。

「てめぇら、なんの目的でクスリをバラまいてやがる？　カネが目的じゃあねえんだろう」

「わ、わからない……っ!?　や、やめろ！　ホントに知らねえんだ……っ！　上の連中はアタマがおかしい奴ばっかで、下っ端の俺は何も……！」

手をこれ見よがしに振り上げると、男は必死の形相で首を振る。

どうやら本当にわからないらしい。こういう小物だ、保身に走っているのは見て取れる。

「お、俺は下っ端で、上からカネを貰えるから、バラまいてるだけだ……！　ただの割がいいだけの販売員だよォ……」

……これも、ウソを吐いているようには思えない。

どうやら本当に下っ端のようだ。引き出せる情報にも限界がありそうだな。

「てめえはコレがどんなクスリか知ってるか？　ウソは吐くなよ」

「よくはしらねえ……ただ心をやっちまうから、やらない方がいいってのは聞いた事が……」

「それも『上』が？」

「あ、ああ……黙って捌いてりゃカネはやる、売人の補充が面倒だから口を滑らせてはくれるなってよ……」

男の話を信じるのならば、考えた通りクスリをバラ撒く事それ自体が目的のように思えてくる。

原価がどんなもんかは知らないが、薄利多売にも程がある。売人にカネを渡してる事を考えると、むしろ赤字が出ているのではないだろうか。

「じゃあ次の質問だ。クスリは何処で仕入れてる？」

「街に幾つかあるらしい奴らの拠点だ。そこで、何処からか同じ服を来た奴らが持ってくるのを見た事がある……」

そしてクスリは、奴らが作っている可能性がある、と。

……思ったよりも大きな話になりそうな気がしてきたぜ、クソったれ。

「最後だ。クスリをバラまきたい奴らが居るんだろう？　そいつらの場所に案内しな」

「わ……わかった……だが出来ればその直前で見逃してくれ……っ！」

「却下だ。でっち上げて逃げられたらたまらねえからな」

「頼むよ！　殺されちまう！」

男の焦り様を見ると、そこそこ危ない奴らだという事は知っているようだ。

だが問題はない。悪いと知りながらカネの為にクスリをバラ撒くような奴に同情などしないし――

「それなら問題ない。今日ツブすつもりで居るからな」

組織か何か知らないが、そんな奴らは今日ぶっ潰すつもりだ。

完全に、とはいかないがこの街での活動を封じるくらいは出来るだろう。

それでもウダウダと抜かす男だったが――

「もう殴るのはやめへくれ……」

もう一回鼻に拳をくれてやると、快く協力してくれるようになった。

◆

「こ、ここだ……他の拠点については知らねえ……」

それから暫くして。男を先頭に案内させてたどり着いたのは、商材の受け渡しをしているという場所だった。

一見して、ごく普通の民家に見える――が、その窓という窓にカーテンがかけられており、外から一切中が見られない事を考えると、如何(いか)にもという感じもする。

「俺達はここでクスリを渡されてる……が、同じローブの奴らがクスリを運んでくるのを見た事がある……」

フード付きローブの男……というと、昨日の男を殺した野郎の事だろうか。

同じローブの奴ら、がどうのという事は、少なくとも二人は同じ服を来た奴が居るという事だろうか。組織だって動いていると考えて問題なさそうだな。

となればやることは決まった。

ここを襲う。コレットがいればよし、居なくても次の目的地を割り出すくらいは出来るだろう。こうなりゃ虱潰(しらみつぶ)しだ。

「よーし、よくやった。ここが終わったらてめえは解放してやるよ」

「ほ、本当かっ⁉」

ここまで案内してきた男を小突くと、喜色満面の笑みを浮かべた。

仮にコレットがもう取り返しのつかない事になっていて、俺がそれを知っているなら目的は報復になる。下っ端だって生かしちゃおけないが、今はその限りではない。利用されてるだけのチンピラ一人にこだわる必要はまだない。

だが、まだもう少し利用はさせてもらうつもりでいるが。

「間取りは分かるか？」

「一階ならある程度は……」

男から家の間取りを聞く。

……大体わかった。となりゃあ多少荒っぽい事も出来るな。

「こ、これでいいか？」

「ああ、十分だ」

俺の返事に安堵のため息を吐く。

間取りはコレで十分だ。

「おいアルベール、ここは一つ正面突破と行くぞ。準備はいいか？」

「正面突破ですか？　……はい、かしこまりました。何かお考えがあっての事なのでしょうね」

アルベールに準備の是非を尋ねると頷きが返ってくる。

作戦は決まった。

「おいチンピラ、てめえはコレで用済みだ。約束通り、終わったらどこへ行ってもいい
——が。最後にひと仕事してもらうぜ」

「えっ？　えっ⁉」

困惑をよそに、男を担ぎ上げる。

手足をばたつかせて暴れるが、担ぎ上げちまえば抵抗するのは中々難しい。

「行くぞアルベールッ！」

久々の荒事で少々気が乗っているのかもしれない。

滑稽な男の様子に半笑いになりつつ、士気を上げるための声を上げ——同時に、俺は男を窓へと放り投げた。

「ああああぁあッ⁉」

男がパニックから叫び声を上げ、そして窓を突き破る。

ガラスが勢い良く弾ける音を立てて、男が拠点の中へと突入した。

同時に、俺は木のドアを蹴破った。

「よお！　喧嘩売りに来たぜッ！」

「なっ⁉」

「貴族のガキ⁉　い、いやその髪は貴様——！」

中に入ってすぐ、目についたのはフードを被ったローブの男が三人だ。

男の言う通り、どうやら魔薬をバラ撒く元締めの奴らは同じ服装に身を包んでいるようだ。

が、今はそんな事は重要な事ではない。

困惑が支配する場を、唯一人把握する俺が掌握している。

部屋に入るなり、俺は左の方に見える男へと向かって飛びかかった。

慌てて男が武器を構えようとする――が、混沌とした状況で冷静に事に当たれる奴は少ない。

魔力を込めて、俺は男の顎へと拳を見舞った。骨の砕ける音が響き、口から血と歯が飛び出していく。

「きっ貴様っ！」

二人目の男――入り口から見て正面の男が剣を振りかざす。

しかし、それを振り下ろす事はかなわなかった。

「て、天井に……っ！」

こんな狭い場所で長物を使うにはそれなりの熟達を必要とする。

これもまた狙いの一つだ。ある程度モノを修めた奴なら、緊急時ほど体に染み付いた行動をしようとする。

が、普段から狭い民家で武器を使う事を想定して剣を振るう奴はいない。

だからこそ俺はなまくらのレイピアを敢えて使わず、拳を武器に選んだのだ。

「遅いんだよバカがッ」

困惑している隙に懐へと潜り込み、腹部への拳打を見舞う。蹲るように体が折れ曲がり、顔が落ちてきた所に半月を描くような蹴りを食らわせてやれば、意識は遥か彼方だ。

さあ、ラストの一人。視線を動かすと、そこではアルベールが男と対峙していた。

と言っても、派手に切った張ったをしているわけじゃあない。レイピアを構えたアルベールが、男を牽制しているといった様子だった。

だが室内戦ではレイピアも中々厄介なモノだ。俺は拳の方が手っ取り早いのでそちらを使うが、レイピアの主眼とする突きは地形に左右されづらい。それにアルベールは腐っても英才教育を受ける王子だ。俺が根性を叩き直した事もあり、今となってはそれなりに腕が立つ。

放っておいても、先の二人とこの男が同じくらいの実力ならば地の利も含めてアルベールが勝つだろうが――

わざわざ一対一をやらせる必要もない。

俺は男の背後に忍び寄り、腕をひねり上げつつ地面に引き倒した。

「ぐおッ⁉」

胸を強打し、くぐもったうめき声を上げる男に、馬乗りになる。

「よくやったアルベール、仕事がしやすくなったぜ」

「光栄です、ミレーヌ様」

別にアルベールがいなくとも戦局はさほど変わらなかっただろう。

だが、これで手加減が出来た。男の意識を保つ事が出来たのは、手間が省けていい。

「うぐう……その髪は……き、貴様ミレーヌ＝ペトゥレか⁉」

「御名答。他国のガキをよく知ってるモンだなあ？」

「くっ……！　なんと粗暴な喋り方だ……！　やはり貴様は薄汚れたイルタニアの遣いという訳か！」

嗜虐的な笑みを浮かべると、男は息を詰まらせる。

『スルベリアの髪』はイルタニアでこそ神の遣いの様に崇められるものだが、その外じゃ『才覚の持ち主』以上の意味にとる国は少ない。

だと言うのに男はすぐさま髪の色だけで俺の名前を言い当ててみせた。

……近くをハエが飛び回っていると思ったが、これは思っていた以上に近くを飛んでいたのかも知れねえな。

「ま、そりゃあいいさ。てめえに聞きたい事が幾つかある」

「……はっ、誰が話すものか」

だがチンピラとは覚悟が違うのだろうか。俺を見上げる横顔には、覚悟の様なものが宿っている様だった。

こりゃあ意地でも言うものかって顔だ。面倒くせえな。

「ああそうかい」

しかし問題はない。無感動に言い捨てながら、俺はひねり上げた男の手から、爪を一枚剝ぎ取った。

「ギッッッッ⁉」

「中々我慢強いじゃねえか。結構痛いんだがな」

放り投げた爪が、木の床で乾いた音を立てる。

喋らないというのならば仕方がない。

「心は痛むが、体の方に聞くとするよ。いやあ残念だね」

「くそっ！　『神の犬』め！　私の信仰心を舐めるなよ……ッ！」

自分を奮い立たせる為だろうか。男が叫ぶ。

だが早速幾つかの情報をいただく事が出来た。信仰心に『神の犬』ね。コイツの所属する組織――いや、宗教か。ソイツらの中じゃ、恐らく『スルベリアの髪』は邪悪なものとして扱われているようだ。

となりゃあ、学園にクスリをバラ撒いたのも俺が狙いか？　まあ、それは追々聞いていけばいい。

「取り敢えずだ。俺の顔を知ってる様なんで単刀直入に聞くが、コレットはどうした？」

「……」

ダンマリか。爪を剝がされても気丈でいられるのは見上げた『信仰心』だな。

……仕方がねえ。趣味じゃあねえんだが拷問を続けるとしよう。

全くヘドが出るクソったれな経験だが、傭兵時代に拷問のやり方は何度か見ている。

確か盗賊団の討伐を目的とした一団の頭数に加えられた時だったか。俺は兵士の一団に加わったんだが――いやあ、国家公認の拷問官って奴はえげつない事をするもんだったね。

とても真似はしたかねえが、急ぎの状況だ。猿真似くらいはさせてもらうとしよう。

「二枚目、行くぞ」

「ぐっ……ああ……！」

宣言とともに二枚目の爪を剝がす。

今度は声を堪えきれなかった様だ。さて、どのくらいで吐いてくれるだろうか。

「コレットは、どうした？」

「いっ……言うものか……があっ！」

もう一々伺いを立てたりはしない。淡々と進めていく。

だが結局、五枚目の爪を剝いでも男は喋らなかった。

「あんたも強情だね。剝がす爪が無くなっちまったよ」

軽口を叩いてみせれば、男は睨みつけながらもごく僅かに安堵を表情に混じらせた。

モタモタしている暇は無いんだがな。コレは長丁場になるかも知れない。

わざとらしくため息を吐いてみせると、男は口角を上げる。その僅かに上がった角度から は勝利を感じさせた。

「仕方ない。じゃあ二周目に行ってみようか」

「あ……？　……⁉　がっ、があああっ⁉」

別にコレで終わりというわけじゃあ無いんだがな。

二周目と称して俺がしたのは、指の骨を折る事だった。捻じり、ひねり上げ、音を立てながら変形させていく。

……拷問で重要なのは『終わらない』と思わせる事だそうだ。

決して死なない様に、地獄の様に長い一区切りを終えてすぐさま次の『区間』へと行く。

「がっ……か……！」

最早男は呻く事しか出来ない様だった。そりゃあそうだ。俺だってコレだけされれば声は出る。

　問題は情報を吐き出させる事だから、テンポが悪いのは好みじゃあねえんだが。

「ちょいと遅れたが教えておこう。コレは拷問だ。喋らなけりゃ左の手も同じようにするし、それが終われば手じゃねえ、腕をやる。その後は下から、つま先から、最後は目と耳まで。無事な場所は一箇所も残さねえ。お前で足りなきゃそこの転がってる二人も同じようにする」

　囁くように、諭すように俺は続ける。ささやかな勝利はもう男の顔にはない。

　あるのはただ恐怖だけだ。

「先程貴方は信仰心が、と仰いましたね？　心に一つ、身を擲ってでも守りたい拠り所がある、素晴らしい事ですわ」

　息を一つ吐き、優しい声色で語りかける。

「私は優しいので、始める前に一つだけ助言をして差し上げましょう。貴方が最後まで耐えられたとして、他の二人が殉教する保証はあるかしら？　ならば治療で済むこの辺りで喋っておいた方がお互いに得なのではないでしょうか」

　それを煽るように、畳み掛ける。暗にここから先は治療では済まないと教えると、男の顔が青ざめた。

正しく伝わった様で何よりだ。だが、あるいは男の顔を青ざめさせたのは示した逃げ道の方だったかもしれない。

鞭の後の飴は甘かろう。こいつの言う『神の犬』とやらがどういう存在かは知らないが、今の俺は悪魔にでも映っているのだろうと思う。

「さあ、ではお聞かせ願いましょう。コレット皇女は、何処にいらっしゃるのですか？」

既に男の顔に己の勝利は映っていなかった。『殉教する事で勝ち』という条件が揺らいだ為だろう。

——自分が秘密を守り通しても、他の二人が同じ様に出来るかわからない。言い訳というものに抗うのは、実に難しい事だ。

何かを言いかけて、口を閉じる。それを二回ほど繰り返した所で、俺は男の中指に手をかけた。

「わ、わかった！　言う、話す……」

そこで完全に男は折れた様だった。指ではない、心の方がだ。

「た……確かに昨日、コルオーンの皇女を捕まえたと聞いた。彼女は此方ではなく、直接私達の『倉庫』の方に向かった様だ。……そこで、今も身柄を拘束されているはずだ」

倉庫というのは聞くまでもなく、クスリを管理している場所の事だろう。

向こうの方がより近い奴に当たっていたようだ。が、その先で躓いてしまった、と。

クソ、厄介だな。心中で舌を鳴らす。

「現在の状況は？　アイツは無事なんだろうな」

ここまで来ればムダな揺さぶりを掛ける必要もない。口調を戻し、手短に聞いていく。

「無傷ではないが無事なはずだ……立場上、扱いを決めかねている様だった。この先どうなるかは、私にはわからん」

最重点のコレットの安否については、今の所は大丈夫そうだ。だが男の言を聞くに、安心は出来ないらしい。

……最終的には、コルオーンすら敵に回す心づもりがあるのか？　だとすると案外厄介な敵なのかも知れない。

「ちっ……まあいい。最後だ。その倉庫の場所を吐きな」

聞きたい事は山ほどあるが、どうやらゆっくりと尋問している場合でもないらしい。

さっさとコレットの居場所を聞き出して、この場は終わりだ。

こいつらの目的については追々でいい。

「街の西にある石造りの倉庫だ……目印は角を持つ蛇神の印……」

場所を聞くと、抵抗する気のなくなった男はあっさりと情報を吐き出した。

それだけ分かればもう十分だ。

が、最後に付け足した目印が気になって、俺は男をひっくり返す。

角を持つ蛇と言えば、昨日見かけたフードの男が着けていたペンダントに記されていた紋章ではないだろうか。

「な、何を？」

確認する為に男を仰向けに返してみると、案の定首からペンダントが下げられていた。

記されているのは、角を持つ蛇——男の話に依ると、蛇神か。

信仰心だのと言っていた事と合わせて考えれば、これが男の信じる神なのだろう。

「ディア・ミィルス……」

「なにっ……!? 貴様我が神の名を……!?」

思わず呟いた名前に、男が激しい反応を見せる。

その反応を見て、俺は隠す事もせず苦々しく顔を歪めた。

ちっ、思った以上にキナ臭い話になってきやがった。

「てめえはこれで用済みだ。ちぃと寝てな」

「ま、待て！　何故貴様がっ!?」

顎を揺らすように拳で撃ち抜いて、男を黙らせる。

「ミレーヌ様……？」

紐(ひも)を千切ってメダルのようなペンダントを手に取り、ゆっくりと立ち上がると、アルベールが困惑した様子で名を呼ぶ。

そういえばコイツが居たんだったな。

「引いたかよ？」

「いえ、尋問の手管についてはお見事でした。さすがミレーヌ様です……それよりも、ぼくが気になったのは、男の宗教についての反応です」

アルベールには刺激の強い光景だろうかと思い聞いてみれば、あっけらかんと答えた後に逆に問いを返してくる。

その質問には少々答えあぐねる。

答えとしては簡単だ。俺は、その宗教について知っている。

……答えられないのは、その宗教はこの時代においては姿を現していないからだ。

だがこいつらが前の歴史と同じ様に手を伸ばすのならば、いずれは向き合う話だ、アルベールも無関係というワケにはいかない。

「『月の神々』って名前、聞いたコトあるか？」

「月の神々……いえ、お恥ずかしながら……」

「俺も最近小耳に挟んだくらいだ、知らなくても無理はない。そもそもこいつらがそうとも限らねえしな」

出自は少しボカしつつも、語る名前は前の歴史で末期のイルタニアに蔓延（はびこ）っていた名前だ。

それが姿を現すのはまだ先の話だ。今既にその名前を名乗っているのかも、全く同一のものかもわからない。

「俺が知っているのは『ディア・ミィルス』だとかいう蛇の神を崇（あが）めてるってくらいだが――話に聞く所、奴らは既存の宗教、特にイルタニア教を邪教として憎んでいるらしいな」

キナ臭いというのは、イルタニア教を特に敵視しているという事だ。

スルベリアの髪の持ち主である俺を『神の犬』として汚（けが）らわしいものの様に扱っていた点から、奴らが『月の神々』である可能性は高い。

「いわゆる邪教団ってヤツだな。まだ活動は表立ってるワケじゃあねえと思うが、こんなクスリをバラ撒（ま）いてるんだ。ロクな奴らじゃあねえのは確かだぜ」

その本質は、そう。邪教団というヤツである。

イルタニア教を敵視していたのは、その時都合が良かったからなのか、奴らの教義にその様な要素が存在するからなのか。

俺がその邪教団に関わっていたわけじゃあない以上、詳しい事はわからないが、兎に角耳触りのいいことを囁いて、終末思想にある民衆達の中にあっという間に浸透していったのは確かだ。

末期のイルタニアでミレーヌに対し猟奇的な事を言っていたのは、こいつらの仲間が多い。

「イルタニア教を特に敵視する、ですか……であれば、クスリを学生に売りつけたのはぼくらが目的なのでしょうか」

「それはわからねえ。そもそもこいつらがそうだと決まったわけでもねえ。……クソ、そこだけ聞き出してもよかったな」

こんな事ならば後二、三質問をしておけば良かった——と思ったが、そもそもの目的はコレットだ。

ここで話し込んでいる場合でもなかった。

「行くぞ。こいつらがどういう存在であるかは、コレットの無事を確かめてからでも遅くはねえ」

「はい。承知いたしました」

だが、前の歴史に於いて、未来に姿を現すクスリと宗教が既にこの時代で動いているのは不気味だった。

……まあ、どうでもいい話だ。そういう障害を、細かい事を気にせずぶっ倒して進むというのが、今回の人生の目標でもある。

どうせ、穏やかな結末にはなるまい。だったらこの一件で、俺が身につけた力というモノを試してやろう。

静かに、強く、角を持つ蛇が描かれたメダルを握る。

金属で出来たそれに細い指が食い込んでいく。神であろうと止められない力。それが今度の俺の目標だ。

指を離し、メダルを放り捨てる。

後はコレットが無事だといいが。無力を実感させてくれるなよ。

神に祈るつもりはない。が、それでも友人の無事を願いながら、俺は男達の拠点を後にした。

第九話　冷酷

「う……」

薄暗がりの中で、コレットはか細い呻き声と共に最悪な気分の目覚めを迎えた。

睡眠が浅い。ダメージを受けた事による疲労が残っている。ぼやけた思考の中で、自分の置かれた状況を思い出す。

友人が街に蔓延る悪い薬の餌食になったらしいと聞き、学園を飛び出した。そこでフードを被ったローブの男を締め上げ、売買している組織の拠点である倉庫を突き止め――そこで、敗れ、囚われの身となった。力量を見誤った事、敗北した事、そして何よりも親友の申し出を断りこんな状況に身を置いている事。至らぬ自分を悔いて、コレットは舌を鳴らした。

「目が醒めたか。よく眠れたか？」

「……ふん、こんな粗末な寝床ではな」

正面に居た、椅子に座る男が舌打ちを聞き、冗談交じりにも感情を感じさせぬ声を発する。

それにコレットは皮肉で返した。気にした風もなく、男は続けた。

「コレット。コルオーンが皇女コレット。まさか貴様がこれほど愚かだとは思わなかった。お陰で計画が狂いっぱなしだ」

無感情だった声には、僅かながら、しかしそれとはっきり分かる怒りが滲んでいる。

その男の酷薄な声に、コレットは唇をきつく結んだ。

自分を鎖で繋いだその先にある椅子に腰掛け、苛立ちを感じさせながら呟く、不気味な男。

薄暗さがフードの奥の闇を濃いものにしていて、その顔は窺えない。が、コレットはその奥に隠されている瞳を見据えるように睨みつける。

「大師よ、『ルードゥス』の在庫のチェックが終わりました」

「……ご苦労。仕事が終わったのならば、外の見回りにでも行っておけ」

暫くのあいだそうしていると、別の男が現れ、軽口を叩く男を『大師』と呼び敬語で作業の報告をする。

どうやら同じ様に見えるフードの者達の中にも、階級がある様だ。

コレットは正面の男から眼を離し、そのやり取りを見つめる。

　すると視線に気付いたのだろう、複数やってきた男のうち一人が、下品な笑みを浮かべる。

「しかし……これがコルオーンの皇女ですか。まだ幼気ですが、本当いい女ですねえ。やっぱり高貴な血っていうのは、カオがいいのとばかり交わるからこうなるんですかね？」

　現れた男の言葉に、顔を顰めるコレット。

　なんと下劣な言葉か。仮に自分に向けられたもので無くとも憤っていたであろう男の言葉に腹を立てたのは、しかしコレットだけではなかった。だが、階級が下と思われる男はそれに気づかないのか、続ける。

「もし殺すんなら、俺達で貰っちまってもいいですかね？　ただ殺すっていうんじゃあ、勿体ないような」

「そうですよ。あの胸とか、ガキとは思えない……」

　戦闘のダメージで破れた衣服を、顕わになった肌を舐め上げるように見つめる男達。

　コレットの表情が苛立ちに染まる。男たちを射殺さんばかりに睨みつけるも、男達の下卑た欲望はとめどなく流れ出る。

「煩いんだよ貴様らは」

だが一言、大師と呼ばれた男が口を開く。

それだけで瞬時に男達の顔が青く染まった。

革靴を小気味良く鳴らしながら、不気味な男が構成員の前で止まる。

「も……申し訳ございません……！」

「口を開けば下卑た欲望ばかり耳障り（みみざわ）りだ。その口を閉じていろ」

「お、お許しを――⁉」

大師と呼ばれた男は苛立ちの息遣いを感じさせながら、構成員の一人の口を塞ぐ様に手を伸ばす。

そして――

「ン、ウウウウ――⁉」

男の絶叫が響く。ただならぬ様子に、見開かれたコレットの目が捉えたものは――口から頬にかけて霜が走り、凍りついた男の顔だった。

大師と呼ばれる男が手を離すと、凍（い）てついた口を開けず、それでも激痛に男がのたうち回る。

たまたま仕置きに選ばれた不運な男を見て、残りの男たちに凄（すさ）まじい緊張感が走った。

大師という男はその様子を見て、面倒をさせるなとばかりに重い息を吐く。

人の命などまるで何とも思っていない様な——いや、間違いなく路傍の石の如く考えているであろう男の行動に、コレットは言葉を失った。

（人を人とも思わないこの仕打ち……！）

フードの奥に隠された男の顔は——氷よりも冷たい眼をしてなお、コレットにとってその様な事をするような人間には見えなかったからだ。

凍りついた呼吸が冷たく、肺を突く。

コレットは生まれて初めて、特定の『敵』に恐怖を抱いていた。

——いや、あるいはそれは、幼少の頃に抱いた感情の延長線なのかもしれない。

得体の知れない絶対的な存在——『死』について考えた時のそれと、同じ感情——

口が凍りつき、剝がれる事を恐れて口が開けない男を無感情に一瞥してから、大師と呼ばれた男がコレットを睨みつける。

仄かな灯りに照らされたその口元に見える皺が、苛立たしげに歪んだ。

「全く——計画が狂いっぱなしだ。非常に苛立たしい。キングの駒が自ら歩いてくるほど愚かだなどと、誰が予想出来る？」

見上げるコレットの瞳を、闇の奥の瞳が捉える。その瞳は、ただひたすらに冷たい。

無機質で冷徹な瞳を怯まず見つめるコレットに、大師は舌を打った。

「どうしてくれよう。ここでお前を殺すわけにはいかないが、ただで返すわけにもいかない。全くもって――腹立たしい」

男の身に、魔力が満ちる。紫煙の様に揺らめくのは、ひと目見て邪悪だと分かる赤黒い血液のような魔力だ。

その不気味さに、強大さに、コレットは息を呑(の)んだ。

絶対的な強者に向けられる苛立ち。感情を感じさせる魔力が乗ると斯(か)くも――気丈なコレットにも、恐怖が浮かぶ。

だが何よりもコレットが恐怖を感じたのは、その大師と呼ばれる男の瞳が自分に向いているにも拘(かか)わらず、全く違うどこかを見ている様だったからだ。

完全に精神に異常をきたしている人間というモノを、コレットはこれまで見た事がなかった。その存在は、コレットにとって別の世界の概念だった。

男の言葉を信じるのならば、自分を殺すわけにはいかないという。

だが元より発言を信じられるはずのない者達だ。その中でも更に精神に異常がある人間の言葉だと思えば、自分の命の保証など何処(どこ)にもない。

この男が気まぐれを起こせば、いとも容易(たやす)くそれを行える事をコレットはよく知っていた。

尋常ならざる男の力を、コレットは身をもって知っている。それが、今この場に鎖で繋がれているという現実になって現れているのだから。

大師と呼ばれた男の瞳は、どこまでも冷たく機械的にコレットを映している。

コレットの背筋に冷たい感覚が走った。これはいよいよかもしれない、とぎゅっと目を瞑(つぶ)る。

その時だった。

倉庫の入り口となっているドアが、勢いよく開く。その大きな音に、一斉に倉庫内の人間の視線が集められた。

そこに居たのは、朱の混じった銀色の髪の少女。

外の光を背にするその姿は、コレットには神々(こうごう)しくさえ感じられた。

その少女は、言い放つ。

「よう――ウチの姫様を、返してもらいにきたぜ――！」

同時に、手に持っていた光の球を地面に打ち付ける。

その瞬間、閃光(せんこう)と爆音が空間を支配した――

第十話　突入

「いいかアルベール。これから敵の本拠地に乗り込むってのは分かってるな？」

目的地の倉庫を視界に捉えつつ、物陰に潜む俺達は最後の準備を済ませていた。

予め（あらかじ）ある程度の作戦を立てておき、お互いの立ち回りを把握する事で作戦をスムーズに進めるのは基本中の基本だ。

これは、その最後のすり合わせだった。俺の言葉に頷く（うなず）アルベールを見て、続ける。

「正直なハナシ、お前が細かい作戦行動を把握出来るとは思ってねえ。これはてめえが未熟だからというのもあるが、囚われた特定の人物を救出するなんて本来てめえには縁のない世界のハナシだからだ。それを言うとここにてめえが居る事も大きな間違いなんだが、それはこの際置いておこう」

改めて考えると王族の救出に王族が動くなんてのは意味がわからないにもほどがある状況だが、変な所でムダに頑固で、そのクセこいつは俺のしもべを名乗りやがるよくわからない存在だ。

考えを巡らせても損をするだけというのはよく知っている。だからこそ考えるのは、これからの話だ。

「だからこそ、てめえに要求するのは二つだ。無理はするなというのが一つ。いくら相手が王族だからといって、敵も命がかかりゃその場の自分の命が優先だ。相手を追い込むほどお前の命の保証が無くなる。自分の命が軽くねえって事はそろそろ理解したろう」

「……はい。それが原因で戦争にでも発展すれば、より多くの命が失われるという事ですね」

「ああ。ならいい。まあこりゃ確認のハナシだ。重要なのは、二つ目の方だ」

前提の部分を確認してから、俺は二本の指を立てた。

アルベールの顔に緊張が宿る。一語一句を聞き逃さないようにと構えるアルベールに告げるのは――

「突入してから五秒だけ、眼と耳を塞いでいろ」

眼と耳を塞げ、というたったそれだけだった。

「はい！……えっ」

アルベールが驚いたのはその指示の単純さか、意図の分からなさか。おそらくは両方だろう。もったいぶった割にやる事は単純だったというのもあるだろうし、敵地で眼と耳を塞げというのがどれほど指示としては不適切な、危険な事かは考えるまでもない。

「理由については懇切丁寧に説明する必要も時間もねえ。突入時に俺が魔術を使うが、その魔術は味方にも影響を及ぼす。その魔術の防御方法が眼と耳を守ることだってハナシだ」

「……なるほど？　よくわかりませんが、指示は承知しました。仰る通りにいたします！」

が、こういう時に俺を信頼しているというコイツの聞き分けの良さは非常にありがたいものだ。

それだけわかっていれば十分。俺は倉庫の入り口を見やる。

ざっと調べた所だと入り口は一箇所のみ。敢えてそうしているのか、窓の一つもありはしない。

となれば突入口はその一点に限られるので、否でも応でもこの場所を使う必要があるし、正面からの強行突破を可能にする策を考える必要がある。

そこで出番になるのが、前々から考案していた魔術の出番だ。

アルベールに合図を出しつつ、目標へ接近していく。一息に飛び込める距離まで近づいた所で、俺は魔力を練り上げる。

手のひらに、小さな光の球が浮かび上がるのを見て、アルベールが興味津々に覗き込んだ。

「光の魔術ですか！」

「どうやら得意属性とやらがこれらしいんでな」

魔法使いには各々得意な属性とやらが存在する。その得意属性とやらを使う時には、比較的少ない消費で魔法を使えるらしい。

俺のそれは『光』だそうだ。虚像を作ったり熱に近いエネルギーでダメージを与えたり、今ひとつ実態のつかめない——しかし色々と応用の利く力だ。

「流石はミレーヌ様です！　やはり、神様が選ぶとすれば貴女のような方以外にありえません……！」

光が得意な属性だと聞いてアルベールの瞳はまばゆく輝き始める。おそらくは『イルタニア』の司る力が光だと言われている為だろう。

とはいえ、話題を伸ばしていく時間がない事はアルベールも理解している様だ。それ以上会話が続けられる事はなかった。

「カウントダウンだ。三、二、一、ゼロで突入するぞ。ドアを開けたら眼と耳を塞いで五秒待機だ」

簡素に最終確認を済ますと、アルベールが頷く。意図は今ひとつわかっていないだろうが、頭は悪くない奴だ。それが必要である事はきっちり理解出来ているだろう。

「行くぞ。三、二、一、ゼロだ！」

合図と同時に駆け出し、鉄の扉を引いて開けた。

倉庫内の状況をざっと見回し、確認する。場所はよく開けている。フードの『構成員』が四人、コレットは――縛られているが、生きている！

となりゃあやることは簡単、考える事は激減ときたものだ。こいつらをぶっ倒して、コレットを助け出す。それだけだ。

「よう――ウチの姫様を、返してもらいにきたぜ――！」

これが俺なりの、戦いの幕開けを告げる狼煙だ――！

笑みを浮かべ、手のひらに浮かべた魔術を、地面へと叩きつける。

同時に、俺は目を瞑りながら耳に魔力の盾を――いいや、栓とでも言うべきか。魔力の防護を施した。

勢いよく放たれた魔術は地面に触れると――強烈な光と、常軌を逸した破裂音を生み出す。

着弾を確認してからワンテンポ置いて、俺は耳の防護を解除し、眼を開いた。

「なっ……何が……音が聞こえないッ⁉」

「眼が、眼が見えないッ！」

開けた視界に見えるのは、視覚と聴覚の異状を訴えるのが二人。呆然とするのが一人。

静かに異状を確認しているであろう奴が一人だ。

こいつは、出来るな。こうしている間にも体の外へと魔力を広げ、襲撃に備えている。

となればやる事は決まった。まずは雑魚を叩く。

闇雲に剣を振るう二人の下へと向かい、くるぶし辺りの腱を深く切り裂く。

「い……痛えぇっ！」

「なんだ、なにが起きてんだよォ⁉」

強烈な痛みと共に運動に必要な筋肉を断たれ、頽れる二人の男。

「がっ！」

「げへっ！」

転げた男たちの顎を踏むようにして蹴りつけ、発声機能と意識を奪う。

殺しはまだナシだ。

もう一人の雑魚へと向かい、レイピアの柄でみぞおちを突く。

「ケッハ……⁉」

激しく咳き込んだ所で下がった顎に、拳を一発。意識を刈り取っておく。

これで雑魚三人の戦闘能力は奪った。戦闘において、敵の頭数を減らすのは定石だ。残るは一人。

視覚と聴覚を奪われたにも拘わらず冷静で居るのはまずは見事。

改めて見ると、かなり出来る事が窺い知れる。眼と耳が機能しなくなったというのに、とっさに広げた魔力は穏やかで淀みがない。『必要があるからそうしていますが何か？』くらいの余裕を感じさせる静かな魔力だ。

これで決まってくれるとは思えねえが――石を投擲するように振りかぶりつつ、手に魔力を集中する。込めるのは最も得意な光の力。それを、最も単純な魔力の形である球のままに投げ放つ！

名前さえない『光魔力の塊』が、矢が飛ぶような速度で男に迫る。威力は大した事ないが、それでも見た目通りの――握りこぶし三つ分くらいの石を同じ速度で投げる程度の威力はあるはずだ。

魔力の防御力を考慮しても、頭に当たれば昏倒は免れず、慣れない魔力の感知じゃ避けられはしないであろう速度だ。

……だが、魔力の弾は男の頭を捉える事は無かった。

代わりに、突如としてせり上がってきた氷の壁が魔力球を受け止めたのだ。

ガラスの板を落としたような音が響く。分厚い氷の盾は粉々に砕け散ったが、魔力球は一度の接触で炸裂し、その威力を使い果たす様に出来ている。窓一枚の役割は十分といった所だろう。

「ちっ……」

苛立ちを隠さず、舌打ちをする。

攻撃を視覚でなく感覚で理解し、必要なだけの防御を咄嗟に、最小限に行ってみせる戦闘勘。出来るとは思っていたが、想像以上の様だ。

「アルベール、コレットを」

「は、はい！」

どうやらアルベールは言い付け通りにしていたようだ。

俺の指示を聞いて、手早く行動を開始する。

俺はというと、氷の壁を生成したフードの魔術師を睨み続けていた。

隠さない殺気を叩きつける事で牽制とし、アルベールの邪魔をさせない様にする為だ。

「やっ！」

剣を振るい、コレットを繋ぐ鎖を断ち切るアルベール。

ふらつくコレットを支え、手を取る。

「コレット皇女、さあお手を」

「う、むう。キミは、アルベールか？　一体何が起こったというのだ……突然閃光が走って、それで……？」

どうやらまだ耳の方が回復しきっていないようだが、眼は少し慣れてきたのだろう、疑問を浮かべながらも、されるがままにしている。

「説明している時間がございません。今は此方へ」

コレットの手を引いたアルベールが、小走りで此方へやってくる。これで人質を利用されるっていう最悪の事態は避けられるな。

コレットの加勢は難しいだろう。だがそれはハナから計算の内だ。

「貴様、その髪は『スルベリアの髪』……ミレーヌ＝ペトゥレか……！」

時を同じくして、出来る男が顔を押さえながら、苦々しげに呟く。

眼の方が機能を取り戻してきたか。となると耳の方もじきだろう。

……しかし、耳、ね。フードの奥から聞こえる声の違和感に、顔を顰めつつ返答する。

「だったらどうした？」

「フン……『神の犬』までもがこの場に来ているとはな。全く、つくづく苛立たせてくれる」

そして会話の方ももう問題はない、と。

思ったよりか効果時間が短いな。音と光も基本的な魔力の防御力で防げるのか？　あるいは回復能力に差があるのか。

突入時に俺が使った魔術は『ダズルソニック』という。爆音と閃光で目と耳を焼いて、行動不能にさせるオリジナルの魔術だ。これは耳元でデカい魔術が炸裂した時の、痛みは無いが少しの間動けなくなる感覚を再現しようとして考えた魔術なのだが、まだまだ改良の余地ありといった所だろう。

出来る事ならもうちょい効果時間が欲しいし、何より音の力を込めるのに手間取るので、球を作るのに時間がかかるのは大きな課題だな。

……つまり、同じ手は使えないという事だ。

とはいえ、ああまで魔力での感知が優れた相手にはどの道効果が薄い代物ではあるようだが。

「一介のクスリの売人じゃあねえな。てめえ何者だ？」

レイピアを振りながら問う。

まともな答えが返ってくる事は期待していないが――

「何者か、と来たか。どう答えたものかな」

どうやら奴(やっこ)さん、乗り気のようだ。

宗教家ってのは聞かれてもいねえ事をベラベラと喋(しゃべ)りたがるもんだ。それが邪教団の奴(やつ)らとなれば、尚更(なおさら)というものだろう。

『月の神々』の奴らなんて余計にそうだった。……聞いてもねえのにやれイルタニアの神がどうのとか、スルベリアの髪は死なねばならないだとか――

俄(にわか)に記憶が蘇(よみがえ)ってくる。あふれる思考に呑(の)まれそうになるが、ここは戦場だ。気を散らすわけにはいかない。

「……っ、ダメだミレーヌ！　その男と戦っては……！」

が、珍しいコレットの叫び声に、ほんのごく僅かに集中が乱れた。

心から俺の身を慮(おもんぱか)る悲痛な声。俺の力は、俺自身を除けばコレットが最もよく知っているはずだ。少なくとも自国の大将軍と近いレベルで評価している相手をこの場から逃がそうとするという選択の意外さに、一瞬だけ虚を衝(つ)かれた。

しかし不幸中の幸いだろう。その隙に敢(あ)えて攻める事をしなかった男が、愉快そうに喉を鳴らした。

「我々は『月の神々』の信奉者。垂氷の蛇神『ディア・ミィルス』に仕える信徒にして、大いなる目的の為に集った志士の一人」

高揚して上ずった声で吟じながら、男はその顔を隠すフードを取り払う。

その顔を見て、不覚にも俺は驚愕した。同時に、その声に覚えた違和感の正体に気がつく。

「うっすら聞き覚えがある声だとは思ったが――別人みたいなんでね、まさかアンタの顔が出てくるとは思わなかったぜ」

だがそれも一瞬の事。穏やかな笑みを浮かべる壮年の男性を睨みつけて、俺は続ける。

「ヒトに散々説教くれやがっておきながら、授業はどうした？　ええ？　ペールマン先生よ」

フードの奥から現れた穏やかな笑顔は――ゼルフォア魔法学園において一年のクラスを教える、優しくも厳しいと評判の教師のものだった。

確かにこいつの経歴はよく分からないと噂だったが――まさか邪教団のおえらいさんが、貴族の坊っちゃん方が通う学園で教師として勤めているなんてのは想定外だったぜ。

そして名乗った『月の神々』。奴らは一体この時代に何処まで手を伸ばしてやがるんだ？　冷たい汗が浮かぶのを感じながらも、俺は皮肉げに笑みを浮かべた。

第十一話　氷鬼

「そんな、ペールマン先生がなぜ……」

フードの奥から現れた顔を見て、アルベールが驚愕に震えた声を出す。

その声を聞いて、ペールマンは満足げに、かつ酷薄な笑みを浮かべた。

正直に言えば、俺もアルベールと同じ様に面食らっていた。だがペールマンがまさか、という以上に、貴族の子女を教える学園に『月の神々』の一員が潜り込んでいた事に対して驚いていた。

各国の貴族が息子や娘を送り込む学園である。トラブルのタネを抱え込むような事をしている以上、その安全性にはかなり気を配っている。

そこに、この男だ。教師なんてのは直接モノを教える立場だ。経歴がわからないなんてのも生徒間での話、学園の方では雇う際に何から何までを把握しているはずだ。

にも拘わらず『月の神々』の信徒が貴族学園の教師をやっているなんていうのは異常という他ない。

重要なのは、雇われる前から『月の神々』の一員だったか、雇われてからその一員となったかだ。あるいは——元からいたペールマンに後から『成り代わった』かだが、その辺りは考え始めるとキリがないので置いておこう。

何れにせよ、俺が未来で新興宗教だと思っていた団体の歴史は思いの外古く、そして強大だった。これは無視出来ない事実だ。

舌打ちをし、ペールマンを睨みつける。対照的に、奴は一度顔をなでると、柔和な教師の笑顔を張り付けた。

「ケッ……器用なモンだぜ。何時からこんな暇な事をしてたんだい？」

「暇という訳ではありませんけどね。それは昔からですよ」

さり気なく探りを入れてみると、ペールマンは知ってか知らずか、機嫌良さそうに語ってくれる。

「忌々しい事ですが、貴女の存在は我々にとっては重要でね。今回の件で私が動いているのも、貴女を監視するのに教師という立場である私が最も都合がよかったからです。結局は想定外の事ばかりで、非常に苛立っていますがね」

気を良くしていらんコトまで喋っている……というよりは、まるで幼子に言い聞かせるような口調だ。

「ほお？　俺がいたからあんたに出番が回ってきたってわけかい」

「その通りです。『スルベリアの髪』を持つ――イルタニアに愛された貴女は、私達の間では重要な人物なのでね」

だがそれも、神の方のイルタニアが話題に出てくると僅かに怒りが混じってくる。

知っちゃいたが、『月の神々』にとっては『イルタニア』というものは思った以上に忌々しい存在らしい。

「クスリをバラ撒いたのはその一端か？」

「いいや、そちらは我々の活動の一つです。ヒトがヒトらしく生きる、より良い世界を創造していく為のね」

核心にふれちゃいないが、クスリの方は俺とは関係がない……のか？　活動内容も手広くやっているようだ。

結局の所は、未来のあの形がこいつらにとって目指すべきものなのだろう。

クスリが溢れる事によって暴力的な人間が増え、そいつらが口々にスルベリアの髪を罵る、あの未来が。

他人の評価を気にするほど繊細な心は持ち合わせちゃいないが、あんな世の中でこの髪をぶら下げて歩くのは生きづらそうだな。

「そう、我々『月の神々』はこの世の中を良くしていこうと活動を続けています。そこで、ご相談なのですがミレーヌくん、私達に協力をするつもりはありませんか？」

忌々しげに鼻を鳴らすと、再び声に落ち着きを張り付けたペールマンがダンスの誘いでもするように手を差し伸べる。

それに反応を返したのは、アルベールだった。

「……っ！　何を！　ミレーヌ様があなた方のような活動に手を貸すはずがありませんッ！」

顔を赤くして激昂する。

勝手に代弁をするな、とは思うが――概ね、言っている事は間違っていない。

もちろん、こいつらのいう協力が真っ当な事だとも思えないが。

「貴女はあの『イルタニア』に選ばれたどうしようもない人間だ。だがイルタニアが心を砕いて作った、莫大な魔力を宿すその身体は、私達の主神を迎える『器』として高い利用価値があるもの。……どうでしょう？　私達の迎える神を宿す器として、思うがままの世界を創造してみませんか？」

熱に染まったペールマンの声には、先程の狂気が再び混じり始めていた。

邪教の神を信仰する者に共通した、ああこいつは話が通じないのだと実感するこの感覚。

俺は、肩を竦める。

「興味がないね。てめえらの言うカミサマじゃ、ロクな事にはならなそうだ」

「……不敬な。汚れたその身を、魂を救済してやろうと言うのに」

最早、そこに学園教師のペールマンは存在していなかった。

いくらでもいるただの狂信者の一人だ。

「最早その魂救いがたし。予定を大幅に進めてしまう事になるが、亡骸があれば我らが神の供物とするには十分。その首を刎ね、大いなる主神に供えると同時に混沌の世への口火としよう」

沸点が低いのも如何にもという具合だ。

臨戦態勢に入ったペールマンが、魔力を放出する。瞬間、空気の温度が急激に下がった。

……凄まじい魔力だ。ただの教師でも、クスリの売人でもねえ。

柔和な表情が掻き消えて、浮かび上がってきたのは無表情。自分ってヤツを無くした『神の犬』だろう。

「ミレーヌ……っ！」

強烈な魔力に気圧されつつも、コレットが苦々しげに名を呼ぶ。

逃げろと言いたいのだろう。確かに、この男の魔力は凄まじい。戦い通しだった『傭兵エンヴィル』の人生でも見た事のない、異質で凶悪な魔力だ。

だがこれでも、俺は俺で色々とやっているのだ。

「上等だ。取れるもんなら取ってみな。大した首でもねえが、名前も知らないカミサマにくれてやるにはちょいと勿体ないんでな、お代は高く付くぜ」

なにせ『ミレーヌの首』はすでに売約済みだ。タダ同然でいただいたもんだが、女帝からの贈り物だ。おいそれとくれてやるわけにはいかない。

まあ、こんなモンを食ったら腹を壊しそうだがな。

軽く剣を振るい、体の感覚を確かめてから魔力を放出する。

力強い光が溢れる様に俺の体を包んだ。

「……！　ミレーヌに、あれ程の力が……！」

「普段は技術だけでどうとでもなると仰っていますからね。本気は、恐らく誰も見た事がありませんよ」

何故か得意げなアルベールを見ていると、気が緩む。緩み過ぎも問題だが、こういうのも気楽で悪くはない。

「行くぜ」

軽く宣言して、重心を落として踏み込む。

ぬるりと滑るような動きに、ペールマンの眼が見開かれた。

『獣』の体術。が、これは様子見だ。

ペールマンが魔力を迸らせながら、大きく腕を振るう。

次の瞬間、俺の眼前に魔力が盛り上がるのが分かった。ほぼ同時に、氷柱が突き上がる。

が、予測は出来ていた事だ。俺はすぐさま、地を蹴るようにして激しく角度を変えた。

「ちっ」

小さく舌を打つ。先程、俺の魔術を防ぐ為にペールマンが生み出したのは、下からせり上がる氷の壁だった。とっさに選ぶほど慣れた魔法の使い方だというわけだ。下から突き上がってくるんじゃ、体勢を低くする獣の体術も効果は薄い。

僅かに先を狙う技術といい、それに付随する魔術の速度といい、やはり一流だ。

「これで終わりではないぞッ！」

振り払った腕を、今度は振り上げる様に再び振るうペールマン。

そこから放たれるのは、縦に並ぶ三本の氷の矢だ。魔法と魔法の間が無い。そこそこの威力を持っていやがるので、直進する事も出来ない。そして、三の句。掲げた腕を振り下ろすと俺の頭上に氷塊が生まれ、勢いを付けて落下してくる。俺はそいつを跳び退いて避けた。

今居た場所に落ちた氷塊は、ガタイのいい成人くらいはある。それが粉々になった勢いを見れば、人間一人くらいは潰したザクロに出来そうだ。

確かにこれは厄介な相手だ。最後の一撃は、タメも無しに三連撃の最後に放てるようなモノではなかった。魔力量も不自然なくらいに多く、そして人間と戦う技術も優れている。

これはコレットが後れを取るわけだ。殺さずに捕らえる程の差があったのは幸運と言えるだろうか。

「大した力じゃあねえか」

「これも信仰の賜物。我が神ディア・ミィルスより賜ったお力だ」

紅く光る瞳を笑みに歪ませながら、ペールマンが答える。

「へえ、賜った、ね」

軽口を叩くと、平淡な声ながら興奮を感じさせつつ答えが返ってくる。

神より賜った、ね。狂信者の言葉を何処まで信じていいかはわからないが、これだけの力が何らかの方法によって得られるとするのならば、なかなか危険だ。

「これで終わりじゃあねえんだろう？　カミサマのご加護とやらを見せてみろよ。ヘタな勧誘よか、ちっとは興味を惹けるかも知れねえぞ」

「……減らず口を。その口を永遠に閉じてやろう」

怒りを煽る方向は、あまり効果がなさそうだ。沸点は低いようだが、怒りで我を失わない、静かに怒るタイプのようだ。

さてどうしたものか。前世で培った技術が効果的でないのは少々面倒臭い。

となれば、今生で身につけた力でどうにかするほかあるまい。

即ち、魔力だ。真っ向から殴り合う。その為に磨いた力だ。

「……！　その歳で、その魔力。やはりイルタニアめの加護を受けているというわけか……」

「まあ才能に恵まれたのは否定しないがね」

魔力を解放すると、ペールマンの顔に浮かんだのは怒りであった。これも奴からすれば
『イルタニアの加護』なのだろう。

髪の色一つで努力を否定されるのは悲しいもんだぜ。……なんて、心にもねえ事だが。

才能があるからこそ努力をしたというのも当然ある。

それこそ前の人生みたいに、無いなら無いで別の道を探していただろうとは思っているが。

使えるもんは何でも使う。が、使えないものはさっさと見切りをつけていくのもまた俺のやり方だ。

手に魔力を纏わせつつ、腰を落とす。

そして、地を蹴った。石の床にヒビが入り、僅かに足先が沈む。

それだけの力を全て推進力に変えて『敵』へと向かった。

正直、神だのなんだの、煩わしいったらありゃしない。こいつが、ペールマンが俺の周りで俺の邪魔をするというのならばなぎ倒すというそれだけだ。

荒事は嫌いじゃあ無いが、今は平穏でいるのをそこそこ楽しんでいる。その邪魔はさせねえ。

「くっ……！」

踏み込みの速度が想定外だったのだろうか？　ペールマンが苦々しげに喉を鳴らす。

慌てて向けられる手は、真正面から俺を捉えている。いい眼をしているが、先程の様に先読みをして狙いを僅かに逸らすほどの余裕はないようだ。

放たれる氷の矢を、首の小さな動きで避ける。

寸分違わず狙い定められているという事は、僅かに軌道をズラせば当たらないという事だ。

「そら返すぜ！」

駆けるまま、手に込めた魔力を撃ち出す。先程氷の壁に防がれたものと同じ魔法だ。当然、当たればただでは済まないが――

「させん」

最初と同じ様に簡単に防がれるという事でもある。だがこれでいい、ハナからこうさせるのが俺の目的だ。

もう一発、氷の壁の右へと魔力球を放った。が、これは本当にただそうしただけ。直線に飛ぶ魔法を曲げるようなマネは、俺にはまだ出来ない。

「そこか……っ⁉」

だがこれも、それだけでいいのだ。

『壁の奥から出てくる何か』というだけでいい。ヒトに限らず、生き物は動くものを目で追ってしまう本能がある。ましてや一挙手一投足を逃すまいと集中する戦闘中、とっさに出てきたものを一瞬で見分けるのは難しいものだ。

故に魔法はただの陽動。俺は上へと躍り出る様に氷壁を飛び越した。

「なっ……⁉」

冷徹なペールマンの表情に驚愕(きょうがく)が浮かんだ。反応の速さは見事だが、対応が間に合う時間はとっくに過ぎている。

「ぐっ！」

右の肩口に、落下の勢いを付けた踵落とし。その骨を砕く。

怯んだ所で着地をし、間髪容れずに左腕を掴む。

「おぉらァッ！」

そしてそのまま、ロープを引くように振り回して、地面へと叩きつける！

肩口から骨の継ぎ目が外れ、そして地面に打ち付けられた勢いで筋肉が断裂する。

完全に腕の機能を破壊した。痛みの方も相当なもののはず。

跳び退いて距離を取りながらも、これで終わってくれりゃあいいが——と考えるのは、なんとなくでも終わらない事を感じていたからだろうか。

「『神の犬』があぁ……っ」

腕を垂らしたまま、ペールマンが立ち上がる。幽鬼のようにゆらめきながら、憤怒の表情を浮かべ、眼には赤い稲妻を血走らせて。

ひと目見て異常だと分かる。つくづくマトモじゃあねえ。

背中から落ちれば呼吸もままならない。そもそも片腕が折れていて、もう片方が脱臼に筋肉断裂とあらば痛みで喋るのもままならないはずだ。

だと言うのに、間髪を容れずに立ち上がり、呪詛の言葉までも吐けるのは——

「痛みを感じてねえのか。便利なもんだな」

感じる痛みそのものが存在しない。これ以外に考えられない。

痛みがなけりゃ、死ぬまで戦い続けられるってわけだ。これもカミサマの力だとするならば、随分と人使いが荒いもんだな。

どうにも、このままで終わる雰囲気じゃあねえ。

動かないはずの、ペールマンの両腕が天へと掲げられ――

「偉大なる神ディア・ミィルスよッ！　この眼を供物といたします！　この矮小な人間に、秩序の犬を打ち殺す力をお与えくださいッ！」

ペールマンはその両の親指を自らの眼に突き立てた。

その叫びに応えるかのように、ペンダントに刻まれた蛇神の眼が赤く輝く。

「な……っ！」

アルベールとコレットは、驚愕から声を上げる。俺も、ワケのわからない行動には気味の悪さを感じていた。

だが、その瞬間――ペールマンの体から血の煙のような紅い魔力が立ち上ってくる。

みすみす見ているワケもなく、小手調べも兼ねて魔力の弾を放つ――が、ペールマンを囲う様に巨大な、濁った血を思わせる色の氷がせり上がり、その体を守る。

今度の氷塊は、砕ける事はなかった。明らかに魔力の量が上がっている証拠だ。

「な、なんだあの力は……」

「なんと禍々(まがまが)しい魔力なのでしょう……っ」

その力に、アルベールとコレットが戦慄する。

無理もない。俺もこれほどの力を持つ奴は、相手にした事はない。

そもそも勝てないと思った相手に対してはさっさと逃げちまってたというのもある。それが生き抜く上では賢いやり方だからだ。

だが、友、しかも王族を置いて逃げるっつうのもあんまりにもあんまりなハナシだろう？

故に戦う。つまりはそういう事だ。

鼻を鳴らすと、紅い氷が砕けて消え去る。

その奥から現れたペールマンの瞳は真っ赤に染まっており、そして蛇の目の様な、細く長い瞳孔が、殺意に輝いていた。

「殺してやるぞ『神の犬』……！　その首は衆目に晒(さら)し、混沌(こんとん)の口火としてくれる……！」

最早(もはや)暴力性を隠そうともせず、ペールマンが吼(ほ)える。

とんでもない魔力の量は、俺が見てきた中で――なんて物差しは意味をなしていない。

人間の魔力ではなかった。

だとするのならば本当に『神を降ろした』とでもいうのか。そんな存在が本当にいやがるのならば――『イルタニア』も実在しているのだろうか？

「もしそうなら、頰の一発でも張りたいもんだ」

実在している方が、夢があっていい。もしも実在しているのならば、こんなミレーヌを選ばれし者として、好き勝手のさばらせたその無能さを詰ってやりたいし、俺をそんな奴の中に押し込めた怒りをぶつけてやりたいからだ。

だがそれは後にとっておこう。今は、この男をブチのめしてやる必要がある。

一目睨みつけると、ペールマンがシィと、歯の間から絞り出すような声を上げ――同時に、凄まじい勢いで駆け出した。

その有様は動きを模した俺よかよっぽど『獣』だ。唸る様な声を上げ――理性をなくし、愚直に力で押そうとする。

こういう相手こそ、俺が最も得意とする相手……なのだが。

「ちっ……」

振りかぶるようにしてペールマンが大きくその腕を振るうと、その爪に纏った紅い氷の魔力が、刃の様に放たれる――！

とっさに身をかわすと、眼の前を魔力の刃が通り過ぎていく。髪先を僅かに切断した刃は、そのまま石造りの壁に命中し——

そのまま、通り抜けた。

石壁に刻まれた爪痕からは、外の光が差し込んでいる。分厚い石の壁さえも、チーズみてえに切り裂く威力……！

「顔を歪めたな——見えなくても、わかるぞ」

力で押してくる奴の相手はやりやすい、はずなのだが。

『力』の質量が違いすぎる。直情的な攻撃はわかりやすいとはいえ、これじゃまるでドラゴンを相手にしているようなモノ。

分厚い石を通り抜けるような威力だ。なまくらの細っこいレイピアが得物じゃ、打ち合う事も出来やしねえ。

「そらどうした『神の犬』！　せいぜい駆け回ってみせろ！」

気を良くしたのか、興奮に上ずった声で腕を振るうペールマン。

紅い氷の氷柱が生成され、僅かに滞空した後凄まじいスピードで向かってくる。

飛び込むようにして、その軌道から逃れ、転がり込む勢いを利用してすぐさま立ち上がった。背後で石の砕かれる音がするのは、その形状に反して先程の斬撃よりも突破力が低い証左だ。

「石が、砕けて……！　ミレーヌ様！」

だが、それがいい情報でない事はすぐに分かる。要は砲弾のような威力があるという事だ。どっちみち受けられやしねえ。

それに――

「……おいおい、ヤケクソが過ぎるぜ……！」

ペールマンの傍らに控える、数十本の氷柱。威力では斬撃に劣る代わりに、その物量と速度で大きく上回っているらしい。

全く、面倒な事になってきやがった。

「死ねッ！」

ペールマンは指揮棒を振るうように、広げた手を振り下ろす。

すると、軍勢と錯覚させるような氷の棘が殺到した。

「クソったれめ！」

その瞬間、弾かれたように走り出す。

ほんの一瞬の後、今いた場所を氷柱が打ち付け、石の破片を舞い上げる。

だが奴の傍に控える氷柱はまだまだある。俺の影を追うように、氷柱が次々と放たれて

いく。まるで砲弾の雨だ。砕けた氷と石の破片が、走る俺の頬や腿に切り傷を付けていく
――！

　痛みは大した事はないが、このままではジリ貧だ。

　だが、ペールマンの魔力が尽きる気配がねえ。俺ももう暫くは動き回る事が出来るが、やがては砕けた地面にでも足を取られてしまうだろう。この追いかけっこを長く続ければ続けるほど、勝負は不利になる。

　そうなる前に反撃に出たい所だが――ペールマンに向かうにも、射線を切るにも、ほんの一瞬だけ速度を落とす必要がある。人間の体の構造上、速度を落とさずに急激な方向転換を行うのは不可能だからだ。

　コトを焦ってそうなれば、一瞬のうちに氷柱に撃ち抜かれちまう。向かう先は蜂の巣か、あるいはひき肉だ。

　だがちんたらやってる余裕もねえ。

「いい気になってんなよ！」

　手のひらに魔力を集め、光の球へと変えて放つ。

　単純極まりない魔術だが、当たりどころが良ければ、意識を刈り取るくらいの威力はある――が。

ペールマンの傍にある氷柱のうちの一本が、剣の形に変わり光弾を打ち払う。

まあそうだろうな。この一発で終わるとは思ってねえ。その間にも、氷柱は休むこと無く俺を撃ち続けている。

だがほんの一瞬でも気を逸らせれば、それで十分！　俺は、僅かに身を沈め、勢いよく跳ぶ。

「しつっこいんだよ！」

そして、倉庫の棚を支える鉄の柱に手をかけ、フックを引っ掛ける様にして大きく体をぶん回した。

足を止めれば、氷柱に撃ち抜かれる。だから走り続けるしかない――だったら、足を止めずに切り返すしかない。

「何だと……！」

予想外の動きに、氷柱は俺が走るその先へと向かっていた。

次弾は既に狙いを修正しつつある、が。

まだ、間に合う！

柱から手を離すと同時に、体にひねりを加えると、飛ぶ軌道に錐揉み状の回転が加わる。


「無駄だッ！」

「……!?　狙いが……定まらん……ッ！」

複雑な軌道で飛ぶ事で、ペールマンの狙いを定めさせない。

俺の視界もややこしい事になっているが──こちとら命を狙う魔術の嵐を体一つでくぐり抜けてきたってもんだ、眼の良さには自信がある！

「いい加減に──」

此方(こちら)へ向けて手を広げるペールマンが見える。その手は、僅かに俺から狙いを外していた。

回転の勢いのまま、魔力を纏(まと)わせたレイピアを構え──

「しやがれぇッ！」

そして、さんざっぱらやってくれたお礼の気持ちを込めるように、思い切り払った！

「ぐッ……おおお!?」

魔力を纏った体を激しく打ち据えると、ペールマンの体を弾き飛ばす。切断出来ないという事は、ペールマンの纏う魔力が、剣に纏わせた魔力を大きく超えている証拠だ。

防御力もかなりのもんだ。だが勢いを付けた攻撃は無傷とはいかねえ。

「ガハッ！」

背中から石の壁に打ち付けられて、ペールマンは大きく息を吐き出した。

受け身も取らずに背中から石畳に落下するのと同じだ。普通の人間ならこれでも生きちゃいねえだろうが……

「おのれ……！　やはりその力、生かしてはおけん……！」

全くの無傷とはいかないのだろうが、それでもペールマンは問題がないように立ち上がった。無事でも背中から打ち付けられれば、息も出来ないようなダメージは受けるはずなのだが。

こんなに厄介だとは思わなかったぜ。その力、はこっちのセリフだ。こんなのが十人そこらいりゃ、小国くらいなら問題なく落とせるだろう。

「まだやるのかよ……いい加減、終わりにしようぜ」

「『神の犬』が！　終わらせてやるとも、その首を我が神に捧（ささ）げてな……！」

頬の切り傷を拭い、ため息を吐き出してみせると、ペールマンは細い――蛇のような

――牙をむき出して獰猛（どうもう）に笑う。

完全に我を失っているようだ。

しかし、神の犬ね。奴らは俺をイルタニアの言いなりか何かと思っているのだろうか。

こちとら、そんなもんを崇（あが）めちゃいねえ。カミサマがいるなら噛（か）み付いてやろうという野良犬（のらいぬ）に過ぎないのだが。

それでも、野良犬は野良犬なりに結構色々考えているもんだぜ。生き抜く為に必要なコトっていうのはな。

ペールマンは両腕に氷の刃を形成し、覆いかぶさる様に腕を掲げ、振るう。

俺は剣をかいくぐるように踏み込みながら、すれ違いざまに腹部へと拳を打ち込んだ。

「かっはぁ……！」

だが、ペールマンの動きは止まらず、笑みさえ浮かべながら剣を薙ぎ払う。

これで虚を衝けると思ったのだろうか？　だとすれば大間違いだ。痛みが意味を成していないのは、元気よく腕を振り回している時点でとっくに気付いている。

壁に打ち付けられて問題なく動いているので、ダメージが体を動かす妨げにならないのは実感済みだ。

更に踏み込む様にしてすれ違いつつ、背を軽く押す様に蹴って離脱する。

痛みは無いだろうが、不安定な所に力を加えれば体勢は崩す様だ。が、それはそうだ。神の力が宿ってようがなんだろうが、人間の体を支えるのは二本の脚しかないのだから。

「貴様ッ！」

コケにされたと思ったのだろう、ペールマンが血管を浮かび上がらせて突進する。

そこで俺はレイピアを構えた。が、今更こんななまくら一本でどうにか出来るとは思っていない。

傭兵時代から、剣の使い方には気に入っているのが一つある。

それは――投げる事だ。

鉄で出来た刃が、勢いをつけて回転しながら飛んでくれば、受けるのは難しい。

「くっ……！　貴様剣を放り捨てるなど……!?」

今回狙うのは頭だ。壊れた腕を振り回す怪物も、流石に頭が壊れれば動けないのだろうか。動きを止めて、大きな動きで回避する。

そう、剣を投げつけられれば、回避せざるを得ない。それが咄嗟の想定外ならば――そこに隙が生まれる。魔法というモノをありがたがる割に、戦う人間というヤツは武器というものに誇りを感じている。それはどちらかと言えば家紋のついた装飾品の様な感覚なのだろうが、魔法が無い頃の戦いから『命を預けるモノ』という認識が残っている故の感覚だ。だからこそ、戦う人間というのは武器を蔑みながら剣だけは誇りとして持っていたりする。

――まったくもって、下らないことこの上ない。

誇りだの何だのと命を天秤に載せること、それ自体が間違っている。最も優先すべきはいついかなる時も変わりはない。てめえの『命』に決まってらぁ。

目的の為には使えるモンは何でも使う。必要がない重しになるのならば、どんな高価なモンだって投げ捨てて進む。

――それが、傭兵エンヴィルの生き方だ！

尤も、今回の人生じゃそう簡単には捨てられねぇモンが二つくらいくっついているんだが――それはそれ、欲張りなのは『ミレーヌ』の生き方かもしれねぇな。

ともかく、剣を放り捨てるという予想外の一撃は、ペールマンを驚愕させるに十分たるものだった。

が、本当に奴が驚いたのはここからだ。すでにその時、俺が懐に潜り込んでいたのだから。

「ぐっは……！」

腹部に、今度は殺してもいいという程の拳を打つ。

痛みは無いのだろうが、溜まった空気を押し出されれば息苦しさは感じるのだろう。それに加えて、腹部を起点にした力の動きでペールマンの身体が折れ曲がる。

そうして下がった鼻っ柱に――俺は膝蹴りをぶち込んだ。

鼻が潰れる手応えを感じながら、ペールマンの肩を支えに両手で宙に飛び上がる。

膝蹴りの勢いでのけぞるペールマンの眼は、空に飛び上がった俺を捉えていた。だが、重力に引かれ始めるその身体に最早出来る事はなにもない。

「コイツで寝てな！」

そのペールマンの顔を俺は、全体重と全力を込めて、両の脚で踏みつけた！

ペールマンの後頭部が石畳を砕き、沈む。

沈黙したペールマンの上から、バランスを保ちながら、ゆっくりと脚をどけていく。

めり込んだ靴が赤い糸を引いて、粘着質な音を立てる。鼻は潰れ、頭も裂けて多量の出血が見られる——が、意識を失ったのはダメージよりも脳を揺らした衝撃に起因するものだろう。

だが意識を失ったからだろうか、その身を包む紅い魔力は消え失せており、強大な魔力を持つ者特有のプレッシャーは収まっていた。

「死んだのですか……？」

恐る恐る、といった様子でアルベールが覗き込む。

「いいや、息はあるようだ。正直、殺しちまっても構わねえって勢いでやったんだがな」

危険な状態で有る事には変わりない——が、それでもペールマンは生きていた。

殺すつもりは無かったとは言え、手加減までしている余裕は無かったというのが本当の所だ。

学生の身分で殺しはまだ早いかと思っての選択だったが、思ってみればコイツらは王族を監禁して、その生命までも奪おうとしていた危険人物だ。殺っちまっても罪に問われる事はなかったかも知れないとも思う。

「さて、どうしたもんかね」

戦闘が終わって、昂揚感が薄れてくると、なかなか厄介な状況だと嘆息した。

衣服のあちこちが避けたコルオーンの皇女と、それを監禁していた宗教団体。何故か居るイルタニアの王子と、その許嫁——しかも主犯格は貴族学園の担任教師で、それをブチのめしたのが許嫁のお嬢様ときたもんだ。

半殺しでとどめた以上、報告なしというわけにはいかないだろう。今から説明する事の多さに頭が痛くなってきた。アルベール辺りに丸投げしちまいたいが、それはそれで何を言い出すか分かったもんじゃあねえ。

「うぐ……」

などと考えていると、悩みのタネがうめき声を上げる。

センセイを寝かしつける手間が増えたが、起きたのならば聞きたい事もある。

「よう、眼が醒めたかい」

「貴様……」

声に反応してペールマンが顔を上げる。が、出来るのはそこまでのようだ。

再び頭が沈み、血溜まりが水気の滴る音を立てる。

やはり、先程まで宿っていた力は無くなっているようだ。一時的に強くなっていた事を考えると、神を宿すというのも与太話ではないのかもしれない。

……いや、どの道そうでもなきゃあの力は説明がつかないのだが。室内戦じゃなければもう少し手間取っていただろうな。

ぞんざいに歩みを進めて、ペールマンの上半身に腰掛け、胸ぐらを摑み起こす。

「てめえらなんの目的があって動いてやがった？　コレットを捕らえたのは成り行きなんだろうが——クスリをバラ撒いて何の得をするってんだ」

威圧を交えて尋問する——が、ペールマンは冷めた態度で皮肉げに鼻を鳴らすだけだった。

下っ端とは違う。こいつは口を割らないだろうな。

そもそも、死に体の中年にこれ以上やったら死んじまう。殺しちゃ拷問の意味もねえ。

「イルタニアの加護がこれほどのものとは……腐っても主神というわけか……」

だが、急に冷めた表情を浮かべると——ペールマンはうわ言の様に語りだした。

苦々しげに呟かれた言葉は、無表情の男が語ってなお憎しみが込められている様に感じる。

　当然この場合の主神というのは奴らの崇めるそれではなく、イルタニアの方だろう。

「イルタニアの何がそんなに気に食わねえってんだ」

「貴様に語る事など無い」

　が、その理由については語らない。

「我が神ディア・ミィルスに、『主神』レーゼヴェルクに、そして来るべき月の神々の世界……混沌の世に栄光あれ……！」

　その言葉は、文字通りに『うわ言』だったのだろう。

　今際の際に、自分の死期を悟った奴が神への信仰を唱えるのは珍しい事じゃあない。

　俺を蔑むように舌を突き出すペールマン。その上には、蒼い氷の魔力の弾が浮かんでいた。

　ペールマンは一気に舌を引っ込め、その魔力球を噛み砕く。

　瞬間、ペールマンの顔のあちこちから霧氷の如き氷の棘が、皮膚を破って突き出して来る。

「なっ⁉」

　驚愕の声を上げたのはアルベールだ。

今正に、自分達の担任だった男が自害した。驚いて当然といえば当然だ。

……こうする事に想像がついていた俺は、驚きゃしなかったが。若々しい感性ってヤツは大事にしたいもんだね。

「ったく、また手間増やしやがって……」

そっとペールマンの顔を横たえて、立ち上がる。

情報を漏らさない様に自害するとはいよいよだな。『月の神々』とやらは俺が思っている以上にちゃんとした『宗教』の様だ。

殉教者といえば聞こえはいいが、なんの事はない。てめえで一番大事にしなきゃならないもんを捨てちまえる狂信者ってハナシだ。

この時代からそんな奴らがゴロゴロいるとなると、未来で俺が思っていた新興宗教という印象は間違っていたのかも知れない。

「厄介なハナシだ」

ややこしい事を考えるのは苦手なのだが。軽い気持ちで解決に乗り出したハナシが雪玉を転がす様に膨らんでいきやがる。

大きくため息を吐き出して、俺は頭を押さえた。

「とりあえず——まずは衛兵だな」

問題は山積みだ。崩せる所から崩していく他ないだろう。それにはまず、この一件を衛兵に伝える所からだ。

といっても全員でこの場を空けるのは奴らに現場をいじくり回される可能性もあるし、かといって誰かが残って戦力を分ける事はしたくねえ。王族を殺すのも『計画』とやらに組み込むかを考える連中だ、今くらいはアルベールとコレットの傍で目を光らせておきたい。

「誰か、近くの人間を探すか……」

露骨にため息を吐き出して、肩を落とす。

だがそれよりもまずはコレットの怪我の状態を気にする必要があるか。

動いて喋れるのは分かっているが、我慢強い奴の中には危険な状態でも動けてしまう者もいる。

「……怪我は、ねえか？」

「え、あ……うむ、問題はない」

少しボーッとしているようだが、見た感じと合わせても怪我はなさそうだ。

「そうか……お前が無事で、良かった」

「ふぇっ⁉　そ、そうか……？」

安堵から小さく息を吐くと、何故だか大げさに肩を震わせるコレット。

その反応に怪訝な表情が浮かぶ。……取り敢えずの所、元気そうではあるが。

「……おい、本当に大丈夫なんだろうな？」

いつものコレットらしくないおどおどとした態度が気になって、聞いてみる。

一晩捕まっていたんじゃ何かあってもおかしくはない。そうなっていたら事態は一気に国家間の問題まで膨れ上がってくる。

捕らえられている時点ですでに手遅れみたいな所もあるのだが、そうなっていたら取り返しがつかないというハナシだ。

「あ……いや、少し驚いた、だけだ。……うん」

そういうコレットだが、その顔は赤く、やはり普段からは想像出来ない様子に首を傾げる。

「……無事だよ。奴らも私の扱いを決めかねているようだったからな。特にペールマンは考えがまとまるまでは手を出さないようにと、きつく部下を叱っていた」

だが本人に聞く限りは特に問題は無いらしい。

怪我がないか、あちこちを覗き込む様に見ると、コレットは小さく肩を縮こまらせる。

なんだか随分とらしくねえ反応だが――おかしな事をされていないなら問題はない。

ようやく、肩の荷が一つ下りたぜ。

顔中から氷の枝を生やしたペールマンを一瞥する。

壮絶な自死を遂げた狂信者。そうさせたのは、首元にぶら下げられた神——角を持つ蛇神『ディア・ミィルス』だったか。

それに『主神』だとかいう存在も気になる。レーゼヴェルク、だとか言っていたか。まさかとは思うが『月の神々』とやらは多神教なのだろうか。

こんなのが他にもいるっていうのは、考えたくもない話だが。

ペールマンの死体にかがみ込み、紋章のペンダントを拝借する。

ペールマンの魔力が増した時、このペンダントは光っていた。今持っている限りじゃ特別な力は感じないが、後でコイツも調べてみる必要があるだろう。

「……よし、人を探すぞ。衛兵を呼ばせる」

「わかりました」

アルベールと、どこか上の空でいるコレットを伴って、一時的にだが倉庫を後にする。

最後にペールマンへと視線を送り——心中で別れを告げた。

仮令それが仮の顔でも、教師としちゃ向いていたと思うんだが、勿体ないもんだ。

てめえで選択して訪れた結果に同情する気も無いが——選択次第で別の生き方もあった

のではないか。我ながららしくない考えだが、生き方一つで敵だったはずの人間と腹を割って話す間柄になる事もある。それこそ、コレットの様に。

……結局の所、人間生き方次第って事だな。反面教師としちゃ、いい参考になったぜ。

視線を外し、再び倉庫の外へと向かう。

中途半端に開いた扉の奥から差し込む光を、ばかに眩しく感じつつ、俺は重々しい鉄の扉を開いた。

エピローグ　二度目の人生、二度目の歴史

『コレット皇女誘拐騒ぎ』から三日が経過した。

といっても、そんな噂が流れていたのは翌日の昼間までだ。夜にはあっさりと帰ってきたという事もあり、今では行き先も告げずに寮を空けるなんてコレット皇女は悪いお方だ……という冗談めいた評判が笑い話のように流れるのみとなっている。

現実には誘拐というのとは違うが実際にコレットは囚われており、少しボタンをかけ違えていたら国家問題、あるいは戦争になっていてもおかしくはなかったという事実を知る生徒は少ない。

「えー……そういうわけで、正式に退任したペールマン先生に代わって、今日から私イブライムが皆さんの担当となります」

教室にやってきた新しい担任の挨拶を聞いて、教室中にペールマンの退任を残念がる声が響く。

知らないというのは幸せな事だ。いや、知らない間に大事に巻き込まれているというの

は不幸に他ならないか。俺の場合はそれを他ならぬコレットの率いるコルオーン軍のイルタニア進攻という形で知っているのだが。

ともあれ、事態を公にする事をコレットが望まなかったという事もあり、この一件は解決という事になっている。

学園を騒がせた黒い噂は結局、ゼルフォアの兵士やお偉いさん、そして学園の教師くらいしか真相を知らないまま幕を閉じた。まことしやかに囁かれていた魔薬という話も今は数ある噂話の一つに過ぎない。最近ではちょっと質の悪い風邪が流行っていた、というのが最も有力な噂となっている。

「それでは今日の授業を始めましょうか。欠席は——三名ですね」

だがそれでも、解決からたった三日で、少しだけ学園は変わりつつあった。

大きな変化は二つ。そのうちの一つが、休んでいた生徒達のうち一部が復学した事だ。

魔薬『ルードゥス』がどういうモノか明らかになり、そしてその裏に宗教団体が絡んでいる事を知ると、比較的症状の軽い生徒から停学措置が解かれる事となった。

一度は手を出したもののクスリの効果が切れて恐ろしくなり、それきりクスリに手を出さずにいた者がこれに当たる。

また、まずは違和感なく生徒達にクスリを浸透させる為だろう、ルードゥスの効果が俺の知るそれよりも大分弱かったというのも誘惑を断ち切るのに一役買ったようだ。

今では休んでいた生徒達もクスリを断つ為の治療をしているらしい。無事に身体(からだ)からクスリを追い出せた者から復学していくだろうというのは、俺とアルベール、そしてコレットとすでに問題なしと判断されて復学した生徒のみが知ることだ。

意外なのは、クスリの使用がそれほど大きな問題にならなかった事である。そもそも『ルードゥス』をどう扱っていいか、国が決めあぐねているという事。それに加えて魔薬を使いましたと親に話せるガキが少なかった事、親も親で子供が魔薬を使いましたと話せる奴が居なかった為だ。

何よりも大きかったのはゼルフォア魔法学園の隠蔽体質だろう。世界平和を謳(うた)っている割にご立派な事だと思うが、元々各国から貴族の子供を預かるという、問題を抱え込みやすい体制で構築されたのだろう。貴族の社会も昔思っていたほどラクでは無いのかも知れない。

終わってみれば、殆(ほとん)ど何も変わること無く、学園には日常が戻ってきていた。

ペールマンの代わりの新しい教師はペールマンほど厳しくはない様で、緩んだ空気の中、前の席の生徒達が小声で話し始める。

「ねえねえ、なんでペールマン先生居なくなっちゃったんだろうね？」

「さあ……私は、故郷に残してきたご両親のお世話をする為って聞いたけど……」

……ただ一人、信頼されていた教師が姿を消したが。

生徒達からは信頼の厚かったペールマンだが、俺達の間では一ヶ月にも満たない短い付き合いだ。それもすぐに忘れ去られていくのだろうと思う。

まあそんな訳で、なんだかんだで穏やかな学園生活というヤツが戻ってきていた。

一年の初めだからだろう、既に学んだ事を学び直す日々は退屈だったが、思えば前世はあくせく働いていたし、『ミレーヌ』になってからもほぼ毎日鍛錬を重ねるか、役に立ちそうな本を読み漁っていた。こんなにのんびりと時間を食いつぶすというのも初めての感覚で、悪くはないと思う。

要点を復習しつつぐうたらとしていると、新しい担任が去って入れ替わりで次の授業の教師がやってくる。

「皆さんこんにちは。それでは今日の大陸史の授業を始めましょう」

そんな入れ替わりを三回ほど経由して、気がつけば四時間目だ。

『歴史』の授業である。俺はコレがあまり好きではなかった。

今回の歴史と、前回の歴史は恐らくまるで違うものになるだろう。

今回の歴史では十年も先に姿を現す魔薬がもう出回り始めており、そして『ミレーヌ』

を発端とするイルタニアの滅亡も起こらない——のだと思う。少なくとも、俺はある程度はそうする様に心がけて動いている。

　そんな不確かなモノを真面目に勉強するのが、どうもバカバカしく感じてしまうのだ。必然、授業は右耳から入って左耳から出るような垂れ流し状態となり——俺は別の事を考え始める。

　思い浮かぶのはやはり『月の神々』のことだ。

　ペールマンが所属していた『月の神々』というのは、そもそも前の歴史では今から十年くらい後に姿を現し始めた終末思想を持つ狂信者ども……だと、俺は思っていた。

　声高に叫んでいたのは神としてのイルタニアを貶める罵倒、そしてイルタニア神を崇めるイルタニアという国がどれほど悪辣な存在であるか。そしてイルタニア神の寵愛を受けて生まれた『スルベリアの髪』——ミレーヌを決して許すなという、民衆の怒りを煽る言葉の数々だ。

　ふと風で揺れた『スルベリアの髪』を淑やかな動作で払いつつ、俺は過去——いや、未来を思い出していた。

　当時の俺は月の神々が語る言葉は、ミレーヌの暴虐で怒りを募らせるイルタニア国民に取り入ろうと考える邪教団の布教のひとつだとばかり思っていたのだが、この時代においてすでに『月の神々』は強大な力を持ち、ミレーヌとイルタニア神を打倒すべき存在だと考えているようだ。

やつらの目的については『ミレーヌ』を『主神』とやらの器にするだの、首を刎ねて供物とするだの……何処まで本気で、何処まで本当の事を言っているのか、全くわからない。

だが仮に、全ての言葉を本気で、イルタニアや奴らの信仰する神が実在していると仮定したらどうだろうか。

「えー……それで、その時ゼルフォア王であるロレンツォ＝ゼルフォアによってこの学校が作られたというわけですね」

教師の授業を聞き流しつつ、俺はノートを取るふりをして『月の神々』についてわかることを図に纏めていく。

ペールマンは奴らの神々の世を作ると言っており、おそらくはその復活の為にミレーヌの身体が要るという事だった。

そして何度か口にしていた混沌という言葉。貴族の子女が集まる学園にクスリをバラ撒いていた事と、コレットを重要な駒の一つだと考えて口封じで始末するのを迷っていた事とを併せて考える。

これらから俺が仮定した奴らの目的は、戦争を起こす事だ。

いや、あるいはそれさえも目的に過ぎないのかもしれない。奴らの崇める神の降臨に『ミレーヌ』の身体が必要なのだとしたら。戦争さえもその目的を達成する手段に過ぎないとしたら――？

もしかすると、前の歴史で起きた戦争は奴らが糸を引いていたんじゃあないか？

有り得ない、飛躍した考えなのは分かっている。だがどうしても、俺には奴らがこの時代ですでに活動を始めている事が引っかかっていた。

この時期には姿を現していない魔薬が流通し、奴らの活動時期が前倒しになっている、その理由は何だ？　そう考えた時に前の歴史と最も違う要素が何かを考える。

それは、この『ミレーヌ』なのではないか。

……前の歴史じゃ、ミレーヌは最悪の性格と手にした地位とで思うがままに自滅していった。だからこそ『月の神々』がやることも少なく、活動は僅かな後押しだけで済んでいた。

だが今回の歴史は、どう転んでいくかはまだわからないが前の歴史のようにはならないだろう。なにせ『ミレーヌ』がこの調子だ。恐らくそれが奴らにとって極めて不都合なのではないか。だからこそ、活動を早める必要があった――

正直、話が大きすぎるとは思う。そもそも口を噤む為に自死を選ぶような狂人共の話を全面的に信じるなんて所からおかしな話だ。

しかしただの傭兵だった俺が過去に戻り、戦争の引き金になった女に乗り移っているなんて現実がある以上有り得ない、なんて言葉がどんなに虚しいモノであるかは確かだ。

だとするならば『月の神々』はこれから先も世界を最悪の方向に導いていくだろうし、俺の命も狙い続けるだろう。

授業中だというのに、舌を打ちそうになった。

これでも学業は成績優秀で通っている方だ。それもいずれは手札の一枚になるだろう。その為にも、学業には真面目に励んでおきたい。

代わりに、ため息を一つ吐き出すと、授業の終わりを告げる鐘が鳴り響いた。

「おや、もうこんな時間ですか。それでは授業を終えましょう。起立！」

号令に従って、席を立ち、礼をして着席する。これで午前の授業は終わりだ。

後はいつもどおり食事をして午後の授業に備えるのだが――

もう一つ、俺の学園生活に大きな変化があるのを忘れていた。

「ミレーヌ様！　お昼ですよ、昼食を食べに参りましょう」

いつもの様に、アルベールがやってくる。これは今までと何ら変わりない事だ。様呼びにもいい加減慣れてきてしまっているのは問題だが、それほどまでに変わりがないという事でもある。

「ミレーヌっ。食事に行こう、今日はキミの好きな豚の燻製が出ると聞いたぞ」

変わったのはいつもの顔ぶれのもうひとり。コレットの方だ。

言っている事自体はいつもとさほど変わりはないのだが、その視線は妙に熱っぽく、声もしおらしい。

「え、ええ……」

未来の女傑の姿を予想させる威厳に溢れた口調はなりを潜め、代わりにその口から紡がれるのは、どう贔屓目に聞いても年頃の少女といった甘い声。

付け加えるなら——と考えかけて、やめる。やめる、が……

「……その、コレット様？　どうして私の後ろにいらっしゃるのですか？　いつもは隣をお歩きになるではございませんか」

「うん？　それは当然だろう。主人と認めた者を立てるのは、我が国では当然の事だ。ミレーヌの所のアルベール王子だってそうしているだろう？」

頬を染めながらそんな事を言われれば、現実逃避も出来やしない。

助け出した時からなんだか様子がおかしい、とは思っていたんだが——

「お前、俺を自分のモノにするって言ってたじゃねえか。それがどうやったら主人だ何だって話になるんだよ……」

「ああ、そんな積極的な……！」

顔を近づけて小声で話すと、コレットの顔が更に赤く染まる。

「……何の事はないよ。奴らから救い出されたあの時、気付いたんだ。キミを私のモノにするなんて間違っていたと」

赤らめた頬に熱っぽい視線を絡めて、コレットが微笑む。

恥ずかしげながらも好意を隠す事がないその笑みは――

「助け出されたあの瞬間、私はキミのモノになった。それに、気がついただけだ」

恋する少女のものに、他ならなかった。

……つくづく、頭が痛くなる。アルベールに慕われるのは、まあいい。いや良くねえが、自国の恥で内々に処理すればなんとかなる話だ。

だが一応は同性の、同盟国とはいえ世界でも最大規模の力を持つ国の皇女が相手じゃ事情は変わってくる。

一体俺にどうしろってんだ。思えば学園に通ってからこんな風に悩んでばかりだと思い返す。いっそ家でおとなしくしてりゃあ良かったのかも知れないとさえ感じ始めていた。

「そうですか……」

「うむ！」

なんと返したらいいか分からず、曖昧に答えると元気の良い応えが返ってくる。

アルベール以上にちょっとやそっとじゃ聞きはしない奔放なお姫様の姿に、俺は頭を押さえた。

元々、俺は考えるのは得意じゃない。ただでさえ考えなきゃならない事が多いのに、これ以上悩み事を増やすのはやめてほしい。

考え事をしていると、気がつけば食堂に着いていた。集まる視線を気にもせず、いつもの席へと向かい、座る。

「あっあっ、ミレーヌ様のお隣に座らないでください！　コレット皇女はいつも向かいだったではありませんか！」

「いつも向かいだったんだ、ならばこれからは私が隣に座る権利がある。キミはもう少し慎むことを覚えたまえ、アルベール王子」

すると、アルベールとコレットが、どちらが俺の隣に座るかで揉め始めた。

まったくもって、喧しいこととこの上ない。

……しかし、敵意を向けられるよりも好意を向けられた方がいい。悪い気はそこまでしないというのは、自分でも少し意外だった。

そんな下らない場面を見ていると――

くすり、と穏やかに鼻が鳴る。

俺が笑うと、アルベールとコレットはぴたりと言い争いを終えて、何やら俺を凝視し始める。

「あァ？」

急に変わった空気に、思わず素が出かける。

「……こほん。どうかいたしましたか？」

だが、他人の目が集まる食堂である事を思い出して、なんとか取り繕って、聞いてみると――

「い、今ミレーヌ様が凄くお淑やかに笑われたので――」

「――魅入っていた。今のミレーヌは、美しかったぞ。いや！　普段も十分以上に美しいのだが！」

「……恥ずかしい事を仰らないでください」

小っ恥ずかしい事を真顔で言う二人に拳骨を落としたい気持ちを必死に押さえて、俺はそっぽを向いた。

すると、あれだけ言い争いをしていた二人が、口々に俺の容姿やら何やらを褒め称え始める。

やはり根っこは同じだ。これだから王族って奴は……と、考え始めて、自分が笑っている事に気がついた。

こいつら相手にあれこれ考えるのも馬鹿馬鹿しい。なんだかんだで俺も二度目の人生というヤツに順応してきたもんだと思う。

……そうさ、所詮俺は学のない傭兵だ。小難しい事をあれこれと考えても分かりゃしねえ。

だからこそ、どんな障害をも打ち砕く力ってヤツを手に入れるのだろう？　自分への問いかけに応えるように、拳を握る。

まあ今の所はそれほどの力を持っているとは言い難(がた)いが——なあに、カミサマだってぶん殴れたんだ、やってやれねえ事はねえだろう。

イルタニア神だろうが、主神とやらだろうが、俺の前に立ちふさがるというのならば横(よこ)っ面(つら)をぶん殴ってやるまでだ。

それまでは、精々——お淑(しと)やかに暮らしてみるとでもしようか。

心にも無い事を思って、鼻を鳴らす。

それを見てアルベールがいつものミレーヌ様ですね、だとか。コレットがその方が安心する、だとか言ってるのを見ると――お嬢様ってヤツも、なかなか大変なんだろうな。

あとがき

まずは『サベージファングお嬢様　史上最強の傭兵は史上最凶の暴虐令嬢となって二度目の世界を無双する』を手にとっていただき、誠にありがとうございます。赤石赫々です。

この本を出すに当たってお世話になったイラストレーターのかやはら様、担当編集さん、そして校正や営業の方など、本当に沢山の方々に感謝しております。

と、まずは恒例となっている最初の感謝を述べさせていただいたところで……

なんとか新シリーズを世に送り出す事ができて、一安心しております。わーい！

今回は本当にいろいろな事がありました。

珍しく仕事が重なってしまったり、体を壊したり、個人的に趣味で書き始めた現代ファンタジーものが一冊分になってしまったり……多方面に本当にいろいろな迷惑をかけてしまったかと思います。

……あれ？　あとがきで毎回迷惑をかけてしまったって言っているような……？

と、これ以上考えると心が千千に砕けてしまうので止めておきましょう。

いや、本当に申し訳ございません……

というわけで新しい作品の方に触れていこうと思うのですが……今までも長文タイトルが多かったですが、今回は特に長いですね。

メインタイトルとサブタイトル、という形になっているからでしょうか。

以降、あとがきや自分で発言する機会には『サベージファングお嬢様』のみで表記する事になりそうですね。

内容の方は、一作目の『武に身を捧げて百と余年。エルフでやり直す武者修行』以来の同世界転生ものとなるのでしょうか。ただしそちらとは違って、その世界のその後ではなく、人生が終わる前の過去、別人物への憑依逆行、という少々捻った形になったのかなと。

野蛮とさえ言われる傭兵の男がお嬢様になって過ごす、というお話は如何だったでしょうか。

ギラギラした男らしさが表現できているといいなあ。

最初の内は悪戦苦闘しながらの制作でしたが、後半まで進む連れてだんだんノリノリになっていったので、その辺りが伝わっていたりしたら少しお恥ずかしいですね。

実は今回、過去作に比べて初稿から完成原稿に至るまで、何度もギリギリまで手直しを入れていたりします。

その間二人三脚で熱心に付き合ってくださった担当さんには本当に感謝しています。おかげさまで、自信がなかった第一稿から原稿が完成するまでには、自信をもって送り出せるようになったのかなと！

また、イラストレーターのかやはら様にも多大な感謝をしております。

改稿の途中でキャラクターデザインをいただく事ができて『サベージファングお嬢様』というキャラクターが一気に自分の中で形になったという体験がありました。

ラストバトルなんかはこのキャラクターがこんな風に活躍するさまを見てみたい！というのが原動力になっていたり、本当に大きな影響を受けたと思います。

重ねて、感謝を表明いたします！

と、作品に関しましてはこの辺りにしておきましょう。

現在あとがきを書いている最中、モンスターを狩るゲームが筆者の周りではやっていたりします。

最初期のシリーズからのプレイヤーというわけではないのですが、そろそろ十五年にもなる付き合いのシリーズにまだ最新作が出ていて、しかも物語の完結を控えているという状況は本当に素晴らしい事だと思います。

こんなに長く愛される作品が出ているのは、凄いなあ……と羨ましい思いがありつつ、進化を重ねて最新で最高のものを出し続けるシリーズを見ていると、良いものが良いと評価されているのが嬉しくもなりますね。

基本を変えずに進化を続ける、というのは本当に凄まじい事だと思います。

私もその何%かでも見習う事ができれば良いのですが。

と、いつものように最大の趣味であるゲームの話も終わったところで、あとがきのページ数も少なくなって参りました。

流石にあとがきも書く回数が増えてきて、そろそろ書く事がなくなってきたなあと思いつつも、なんだかんだ気がつけば終わりが近づいている辺り、案外自分で思っているよりもあとがきを書くのが好きなのかななんて思ったり。

これまたいつもどおり、皆様への感謝を述べて筆を置く事といたしましょう。

『サベージファングお嬢様』を手にとっていただき、本当にありがとうございました！

今、世間はいろいろと大変な状況ですが、ストレスが増える生活の中で、本作が一時でも気を紛らす助けになる事ができていたら嬉しいです。

それでは、また次の機会にお会いできる事を祈っております……！

赤石赫々

お便りはこちらまで

〒一〇二－八一七七
ファンタジア文庫編集部気付
赤石赫々（様）宛
かやはら（様）宛

サベージファングお嬢様

史上最強の傭兵は史上最凶の暴虐令嬢となって二度目の世界を無双する

令和３年６月20日　初版発行

著者――赤石赫々

発行者――青柳昌行

発　行――株式会社KADOKAWA
〒102-8177
東京都千代田区富士見2-13-3
0570-002-301（ナビダイヤル）

印刷所――株式会社暁印刷

製本所――株式会社ビルディング・ブックセンター

※定価はカバーに表示してあります。
●お問い合わせ
https://www.kadokawa.co.jp/（「お問い合わせ」へお進みください）
※内容によっては、お答えできない場合があります。
※サポートは日本国内のみとさせていただきます。
※Japanese text only

ISBN978-4-04-074141-3　C0193　◇◇◇

最強不敗の神剣使い
The Invincible Undefeated Divine Sword Master
リヒト
名門貴族・エスターク家の“忌み子”。周囲から無能と蔑まれ、家門を追放されるが……その身には、絶対無双の“天賦の才”が宿されている
アリアローゼ
ラトクルス王国の王女。正体を隠して旅していたところ、流浪の旅へと出立したリヒトと出会う。その胸には、とある崇高な志が秘められている
Ryosuke Hata
羽田遼亮
ill.えいひ
シリーズ好

天上優夜
異世界で
レベルアップした結果、
最強の身体能力を
手に入れた少年
この少年すべてが
シリーズ好評発売中！

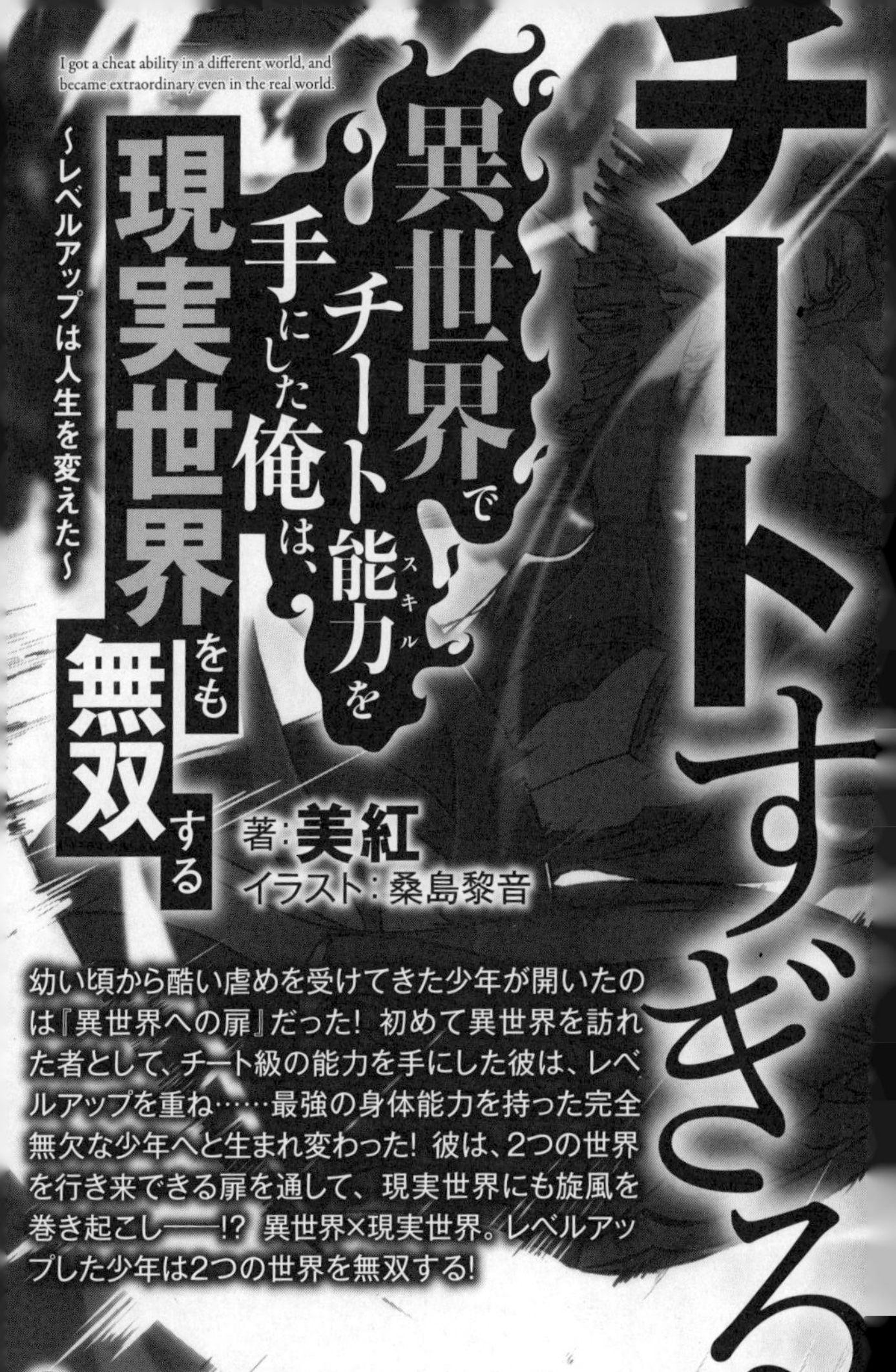

I got a cheat ability in a different world, and
became extraordinary even in the real world.
チートすぎる
異世界でチート能力を手にした俺は、現実世界をも無双する
~レベルアップは人生を変えた~
著:美紅
イラスト:桑島黎音
幼い頃から酷い虐めを受けてきた少年が開いたのは『異世界への扉』だった! 初めて異世界を訪れた者として、チート級の能力を手にした彼は、レベルアップを重ね……最強の身体能力を持った完全無欠な少年へと生まれ変わった! 彼は、2つの世界を行き来できる扉を通して、現実世界にも旋風を巻き起こし――!? 異世界×現実世界。レベルアップした少年は2つの世界を無双する!
ファンタジア文庫

その男、
アード
元・最強の《魔王》さま。その強さ故に孤独となってしまった。只の村人に転生し、友だちを求めることになるのだが……?
ジニー
いじめられっ子のサキュバス。救世主のように助けてくれたアードのことを慕い、彼のハーレムを作ると宣言して!?
イリーナ
正義感あふれるエルフの少女(ちょっと負けず嫌い)。友達一号のアードを、いつも子犬のように追いかけている
神話に名を刻む史上最強の大魔王、ヴァルヴァトス。
王としての人生をやり尽くした彼は、平凡な人生に憧れ、数千年後、村人・アードへと転生するのだが……
魔法の力が劣化した現代では、手加減しても、アードは規格外極まる存在で!? 噂は広まり、 嫁にしてほしいと言い寄ってくる女、次代の王へと担ぎ上げようとする王族、果ては命を狙う元配下が学園に押し掛けてくるのだが、
そんな連中を一蹴し、大魔王は己の道を邁進する……!

ファンタジア文庫
すべてを
蹂躙（じゅうりん）する。
史上最強の
大魔王、
村人Aに
転生する
The Greatest Maou Is
Reborned To Get
Friends
下等妙人
イラスト／水野早桜
シリーズ好評発売中！